Brume rouge

DU MÊME AUTEUR :

SÉRIE DU PROCUREUR JEMSEN :
LE MIROIR DES ÂMES, SLATKINE & CIE, 2018 ; LE LIVRE DE POCHE, 2019
L'OMBRE DU RENARD, SLATKINE & CIE, 2019 ; LE LIVRE DE POCHE, 2020
L'ENGRENAGE DU MAL, SLATKINE & CIE, 2020 ; LE LIVRE DE POCHE, 2021

RESTEZ CHEZ VOUS, SLATKINE & CIE, 2020
LE CALENDRIER DE L'APRÈS, SLATKINE & CIE, 2020

HORRORA BOREALIS, LE LIVRE DE POCHE, 2018
HERESIX, SLATKINE & CIE, 2021 ; LE LIVRE DE POCHE 2022

ISBN 978-2-88944-199-0

2.22

Nicolas Feuz

Brume rouge

Slatkine & Cie

«Je choisirai le paradis pour le climat,
et l'enfer pour la compagnie.»

Mark Twain

Sommaire

Prologue

S'il y avait une chose que Matthias Hodler ne supportait pas, c'était d'entendre pleurer un bébé. Il était entré à l'hôpital Pourtalès par les urgences. Les patients faisaient la queue derrière le comptoir de l'accueil, l'infirmière chargée du premier tri était débordée. La première mesure consistait à faire porter un masque, avant même de procéder à l'enregistrement des malades. La grippe de printemps faisait des ravages, le moindre symptôme était prétexte à consultations.

Matthias feignit de tousser sèchement. Il se vit aussitôt affubler d'un petit rectangle bleu clair sur le bas du visage et rejoignit le cercle des anonymes qui patientaient dans le hall. La tension était palpable, du côté des malades comme du personnel médical.

Une ambulance du SMUR s'arrêta devant l'accès réservé aux véhicules prioritaires. Des secouristes en tenue bleue sortirent une civière et la poussèrent en direction du bloc opératoire. Sous oxygène et perfusion, le blessé semblait inanimé.

Dans la queue, tout le monde comprenait qu'il faudrait encore attendre, il y eut une sorte de houle et des soupirs appuyés.

« Coup de couteau », entendit-on lors des premiers échanges entre l'équipe de secours et un médecin. Matthias jeta un coup d'œil au sac de sport à ses pieds. Il n'était pas adepte du couteau, la lame impliquait un contact, c'était bien trop intime pour lui. Il préférait toujours conserver une certaine distance avec sa cible.

Une seconde ambulance apparut derrière les portes vitrées du sas, ce qui déclencha une clameur dans la salle d'attente des urgences. Des malades se levèrent et coururent au comptoir pour assaillir l'infirmière de questions. D'autres membres du corps médical s'étaient approchés de la réception pour contenir et tenter de calmer la foule.

Matthias profita du chaos momentané pour se lever. Il prit son sac et se glissa vers le box des premiers soins. Sa démarche naturelle n'attira pas l'attention du personnel débordé. Il avisa un vestiaire, jeta un coup d'œil circulaire, personne ne le regardait, il entra et referma la porte. À l'intérieur, il fouilla rapidement les armoires et trouva ce qu'il cherchait, passa sur ses vêtements de ville une blouse verte de chirurgien et des protège-chaussures, enfila une charlotte en papier et des gants en latex. Toujours avec son masque sur le bas du visage, il quitta le service des urgences et prit l'ascenseur pour la maternité.

Le cinquième était calme. Les visites étaient terminées, sauf pour les jeunes pères, mais ce passe-droit ne concernait pas sa cible : le père du bébé était en garde à vue à Paris, à la suite d'une manifestation pour le climat qui avait, comme chaque fois, dégénéré.

L'imbécile ! pensa Matthias. Comment ce type avait-il pu abandonner sa femme sur le point d'accoucher pour défendre la planète à plusieurs centaines de kilomètres de Neuchâtel ? La situation arrangeait évidemment Matthias, mais cette seule idée le dépassait. La femme l'avait d'ailleurs probablement encouragé. Elle devait partager les mêmes idées.

Alors, pourquoi, se demandait Matthias, cette écolo militante avait-elle décidé d'accoucher dans une grande structure hospitalière gourmande en énergies fossiles ? Elle aurait pu donner naissance à son enfant chez elle. Et pourquoi avait-elle continué de fumer cigarette sur cigarette pendant toute sa grossesse ? Un jour qu'il était en repérage, en pleine manif, Matthias l'avait vue jeter soigneusement dans une bouche d'égout un mégot qui mettrait douze ans à se décomposer. Sur le coup, il avait souri de ces contradictions permanentes.

Mais la clope ne tuera pas ton enfant, chuchota Matthias en voyant Tiziana Mizel sortir de sa chambre. Elle était en training et se dirigeait vers les escaliers avec un paquet de Marlboro. L'appel du fumoir était plus fort que l'amour maternel, elle ne valait guère mieux que son mari. Elle passa à côté du faux chirurgien sans le remarquer.

Le couloir du cinquième était désert et plongé dans la pénombre. Seul le comptoir de la réception était faiblement éclairé. Une sage-femme remplissait un dossier. Elle ne prêta pas attention à l'homme en vert qui se dirigeait vers la chambre 5014.

Matthias ouvrit la porte et la referma derrière lui. Il posa le sac de sport sur une chaise et en sortit son arme fétiche, un fusil à pompe soviétique KS-23 M. Le mouvement de charge fit monter une cartouche de grenaille de 23 mm dans la chambre. Le cliquetis ne réveilla pas le bébé qui dormait paisiblement dans son berceau en plexiglas. À côté de la petite fille, une girafe en plastique, meilleure vente toute catégorie du jouet d'éveil. Fabrication chinoise. Empreinte carbone. Matthias fit claquer sa langue d'exaspération. Il approcha le canon, la distance idéale pour que les billes conservent un cône de dispersion suffisant. Sans la moindre émotion, il appuya sur la détente. Au moment où l'on entendit la détonation assourdissante, le nourrisson se volatilisa dans une brume rouge.

Premier jour

1

Quelques heures plus tôt, le matin même, pour être très précis, Matthias Hodler était encore à Paris.

Le téléphone posé sur la table de nuit marquait huit heures. Il s'étira, écarta les rideaux grèges de sa chambre d'hôtel et frotta ses yeux mi-clos. L'esplanade de la gare de Lyon s'étendait à ses pieds, avec le croisement des voyageurs pressés, la valse des taxis, la bouche de métro boulevard Diderot, l'incessante circulation et la brasserie L'Européen, où il avait dîné seul, la veille, d'une mémorable choucroute de la mer. C'était le Paris qu'il aimait, le Paris qu'il connaissait, il s'arrêtait toujours dans ce coin du XIIe pour ne pas trop s'éloigner de la gare.

Et pourtant, Matthias se réjouissait de rentrer en Suisse. Il aimait Paris, mais comme à chacun de ses séjours, il n'avait qu'une seule envie, quitter la ville au plus vite. Trop de bruit, de stress, de pollution et de grandeur. Il aspirait à retrouver le calme de Neuchâtel, la sérénité que procurait la petite ville estudiantine, avec son lac et sa vue sur les Alpes.

Matthias passa à la salle de bains. Une petite pancarte invitait à économiser le linge de toilettes, *Dear customer, help us to protect the environment*. Il eut un rictus agacé et prit un malin plaisir à prendre le contre-pied des consignes, laissa couler l'eau abondamment en se rasant, se doucha et jeta toutes les serviettes dans la baignoire, même celles qu'il n'avait pas utilisées.

Au buffet du petit-déjeuner, il imita une famille d'Américains obèses en se servant une assiette débordant de victuailles. Les restes finiraient à la poubelle. C'était sa manière à lui de manifester son désaccord avec les défenseurs de la planète et du climat, ceux qu'il appelait *les moutons verts*.

La gare de Lyon grouillait de monde comme un *casgiu merzu* chargé d'asticots. Le brouhaha couvrait le bruit des annonces de la SNCF. Des odeurs de viennoiseries et de café émanaient de la terrasse du Montreux Jazz. Un peu plus loin, un vieil homme de couleur improvisait un air de blues sur un piano en libre-service.

Matthias avait une bonne heure à tuer avant que son TGV quitte le hall 2 en direction de la Suisse. Le train partirait à l'heure. Contrairement à d'autres destinations, la ligne Paris-Lausanne était rarement touchée par les grèves.

Il furetait au rayon livres d'un Relay, quand il entendit une mère sermonner sa fille. Le prénom de la petite lui écorcha les oreilles, comme un crissement de craie sur le tableau noir. C'était un prénom assez rare pour une petite Française de six ou sept ans, mais il était entré récemment dans le top trois des prénoms les plus fréquemment donnés aux nouveau-nés.

Sans quitter l'enfant des yeux, Matthias acheta un magazine. La fillette allait et venait dans le hall 1 de la gare, ignorant les rares remontrances de sa mère qui avait déjà abandonné le combat et pianotait sur son téléphone. Matthias en profita pour agir.

Quand il revint dans le hall une dizaine de minutes plus tard, Matthias aperçut la jeune mère. Elle était affolée et parlait en gesticulant à des contrôleurs qui essayaient de la calmer. Elle appelait sa fille en hoquetant.

« Greta ! Greta, où es-tu ? »

Comme un derviche, elle se mit à tourner, à courir, à la chercher partout, parmi les grappes de voyageurs, sur la terrasse du café, dans les commerces du hall. Un contrôleur la suivait en essayant de la raisonner.

L'inquiétude commençait à gagner les gens, qui la regardaient sans comprendre. Une rumeur se répandait dans la foule : un enfant avait disparu. Le vieil homme de couleur cessa de jouer du piano. Trois militaires armés de mitraillettes s'approchèrent et questionnèrent la mère. Elle ne les écoutait pas. L'agent de la SNCF essayait de leur expliquer la situation.

Matthias regarda sa montre. Le Lyria partait dans trente minutes. Il avait improvisé sur un coup de tête et ça, c'était imprudent. Une demi-heure à attendre dans une gare qui allait bientôt grouiller de flics, c'était trop.

Il pensa à Greta, l'unique, la vraie, celle qu'il détestait. Elle aurait apprécié qu'il prenne le train. Il sortit son billet, le regarda, hésita. Et puis, il le déchira, le jeta dans une poubelle et descendit dans le hall 3 où il acheta un ticket pour Roissy Charles de Gaulle. Une fois dans le RER, il afficha un sourire vainqueur.

Tu vois, petite morveuse, à force de donner des leçons au monde et de nous casser les burnes avec tes grands airs, tu convaincs les gens de faire exactement le contraire de ce que tu prônes. Je vais rentrer en avion.

Et il se plongea dans la lecture du magazine qu'il venait d'acheter, consacré au rôle de la Suisse durant la Seconde Guerre mondiale.

2

On n'y voyait rien à deux mètres. Le jeune soldat du régiment d'infanterie 8 précédait son binôme de patrouille dans l'épais brouillard qui recouvrait les crêtes du Jura neuchâtelois.

— Fais gaffe où tu mets les pieds.

Leurs bottes foulaient les hautes herbes humides parsemées de roches calcaires. Le terrain inégal pouvait cacher des dolines, ces dépressions naturelles qui s'effondrent sous le poids d'un homme, mais les deux soldats ne connaissaient pas cette particularité des roches karstiques. Francis Hodler et Jean Matthey n'étaient pas de la région. Ils patrouillaient dans le secteur depuis la fin de la « drôle de guerre », quand l'Allemagne avait lancé son offensive contre la Belgique et la France le 10 mai 1940. Francis était originaire de la Tour-de-Trême, dans le canton de Fribourg. Jean venait de Delémont. Ils avaient d'abord été cantonnés entre La Vue-des-Alpes et La Tourne, avant que le régiment 8 ne remplace le 1 entre Vaumarcus et le Creux-du-Van. Leur mission consistait à tenir la frontière.

« Je ne comprends pas la décision du général de stopper les combats, dit Jean Matthey. La neutralité est une forme de lâcheté. On peut leur botter le cul, aux Schleus. »

La neutralité !

Élu général de l'armée suisse, grade suprême qui n'existe qu'en temps de guerre, Henri Guisan avait d'abord ordonné une résistance à l'envahisseur. Goering en avait fait les frais. Voulant profiter de la faiblesse de la défense anti-aérienne et de la chasse française à Lyon et à Saint-Étienne, il avait fait emprunter à la Luftwaffe le couloir aérien qui traversait la Suisse. Onze avions allemands avaient été abattus par l'armée helvétique. Les combats avaient connu leur apogée le 4 juin 1940. Dans le ciel de La Chaux-de-Fonds et des Franches Montagnes, les Messerschmitt suisses avaient donné une correction à la Luftwaffe. Mais Hitler ne supportant pas que l'équipement allemand acheté par la Suisse soit utilisé contre ses propres troupes, avait menacé d'une invasion. Le 20 juin, Guisan ordonnait de cesser l'interception des avions allemands qui violaient l'espace aérien suisse. Les postes de DCA restaient actifs pour parer une éventuelle attaque de la Luftwaffe ou de la Regia Aeronautica italienne, mais la Suisse était bien entrée en neutralité.

— Botter le cul des Schleus ! s'exclama Francis Hodler. C'est ton côté célibataire et sans enfant qui parle. Moi, j'ai une femme et un fils qui m'attendent et, contrairement à toi, je pense que nous n'avons aucune chance si l'Allemagne nous envahit.

— En plaine, peut-être que non. Mais dans le « Réduit »...

Après l'armistice franco-allemand du 22 juin 1940 signé par le gouvernement de Pétain, la Suisse encerclée par les forces de l'Axe avait créé le « Réduit national », plan stratégique prévoyant le repli de l'essentiel des troupes helvétiques dans les Alpes et le minage des principaux axes de passage internationaux. La Suisse menaçait de les faire exploser en cas d'invasion allemande.

— Je refuse de gagner le « Réduit » si je ne peux pas protéger les miens.

— Tu déserterais ?

Le mot était fort, la question sensible. Hodler se tourna vers Matthey, tout en continuant de marcher. Il voulut lui répondre, mais son pied buta contre une pierre. Il perdit l'équilibre. Matthey chercha à le rattraper par son uniforme, mais n'y parvint pas. Hodler chuta d'une falaise à pic. Son corps disparut dans le brouillard avec un long cri étouffé.

3

Trois mois s'étaient écoulés depuis l'évasion de Tanja Stojkaj. Au port de Bevaix, le restaurant La Trinquette avait ouvert ses portes pour les premiers beaux jours d'avril. Le procureur Jemsen était attablé avec sa greffière Flavie devant une assiette de filets de perche, dans la fraîcheur de la véranda, avec une vue imprenable sur le lac de Neuchâtel, le Plateau suisse et les Alpes fribourgeoises.

— Vous vous remettez de tout ça? demanda le procureur à sa greffière.

— Ça va mieux, répondit Flavie. J'ai enfin vidé la chambre de ma fille. Ça n'a pas été facile, mais les circonstances m'ont beaucoup aidée. J'ai trouvé un acheteur pour l'appartement d'Auvernier. Je déménage le mois prochain dans un petit logement de La Béroche. Je crois que je suis soulagée. Seule mais soulagée. Et vous, comment allez-vous?

Jemsen savait ce qu'elle espérait. Il n'était pas encore disposé à lui parler de son passé, mais lui avoua avec un sourire:

— J'ai trouvé quelqu'un.

Les yeux de Flavie s'illuminèrent.

— On peut connaître le nom de l'heureuse élue?

— Elle s'appelle Mélanie. Nous nous fréquentons depuis deux mois.

— Deux mois et vous ne m'en parlez que maintenant?

— Les choses sont un peu compliquées. Elle est mariée et...

Le serveur les interrompit en leur versant un verre de pinot noir « Les Sorcières » et les confidences sur Mélanie s'arrêtèrent là. Quand ils se retrouvèrent seuls dans la véranda, loin des oreilles indiscrètes, Jemsen et Flavie se mirent à parler de Tanja, des circonstances de son évasion, de son injuste condamnation par le tribunal et du mandat d'arrêt international lancé contre elle.

— On peut faire confiance à Tanja pour disparaître, conclut le procureur. Je suis bien placé pour le savoir, c'est une pro de l'infiltration.

Ils commandèrent des cafés. Dans le port voisin baigné par le coucher du soleil, les premiers navigateurs repeignaient des coques de bateaux en cale sèche.

Le téléphone de Flavie se mit à vibrer sur un coin de la table.

— Quand on parle du loup, sourit la greffière avant de décrocher.

Jemsen termina son café en écoutant la conversation de Flavie avec Tanja. Il s'amusait en imaginant les policiers branchés sur la ligne. Les rumeurs d'une relation entre les deux femmes avaient filtré. Le commissaire Daniel Garcia l'avait informé discrètement que le portable de Flavie était écouté sur ordre d'un autre procureur neuchâtelois, Sylvain Kornisch. Une confidence sous forme d'avertissement, reçue cinq sur cinq et relayée à sa greffière.

C'était le troisième appel crypté de Tanja à Flavie. Les deux premières tentatives de localisation avaient baladé la police, une première fois en Chine, une deuxième fois vers un *call center* de Marrakech.

— On en a déjà parlé, disait Flavie à Tanja. Je ne t'en veux pas.

Flavie parla brièvement de l'évasion et du jugement, mais elle veilla à ne donner aucune information intéressante aux limiers de Kornisch. Tanja répondit longuement, Flavie l'écoutait en souriant. Le procureur comprit qu'elles parlaient d'Alain Keller, le mari de sa greffière.

— Une page de ma vie se tourne, une autre va s'écrire... commenta Flavie. Et, oui, je suis aidée. Si tu veux parler d'un psy, j'ai un excellent thérapeute. Il s'appelle Norbert Jemsen. Il est toujours là quand j'en ai besoin. Et je serai toujours présente pour lui.

Jemsen retourna à Flavie son sourire et fit un petit signe de la main à son interlocutrice mystérieuse.

— Mais non, Tanja, je suis sûre qu'il ne t'en veut pas. J'ai tellement hâte que tout redevienne comme avant. Tu me manques. Je t'aime.

Jemsen perçut de la déception dans les yeux de sa greffière après qu'elle eut raccroché. Il en devinait la raison, jamais Tanja n'avait dit à Flavie qu'elle l'aimait. Il allait lui expliquer encore une fois que les circonstances ne laissaient aucune place aux sentiments quand il reçut à son tour un appel. C'était Dan Garcia. La conversation fut brève. Il raccrocha, demanda l'addition et annonça à sa greffière d'un air grave :

— Il faut qu'on y aille. Un bébé vient d'être assassiné.

4

Matthias Hodler referma son magazine quand l'avion toucha le tarmac de l'aéroport de Cointrin. Il récupéra son seul bagage à main et parcourut les couloirs ripolinés, garnis de publicités plus éclatantes les unes que les autres pour des montres de luxe. Pas de doute, il était de retour chez lui, au pays de la haute horlogerie, des banques et du chocolat. La propreté était indécente comparée à la crasse parisienne.

La Suisse était attachée à son image proprette. La saleté et la pauvreté n'existaient pas. Poussière sous le tapis, mendicité interdite et réprimée. La Suisse ne traînait pas ses casseroles, elle les rangeait bien au fond d'un placard sombre et inaccessible.

Le rôle de la Suisse pendant la Seconde Guerre mondiale était une de ces casseroles. Neutralité qui n'avait pas empêché de collaborer avec les puissances de l'Axe, tout en tendant l'autre main aux Alliés. Accueil et refoulement de réfugiés, fonds juifs en déshérence, scandale des enfants placés.

C'est pour ce pays que Francis Hodler, le grand-père de Matthias, était tombé le 25 juillet 1940. À cause de la brume qui occultait les vraies raisons de sa mobilisation. Mort pour la patrie, bêtement et dans l'ignorance.

Matthias passa la douane sans être contrôlé et se dirigea vers la gare de l'aéroport. Le train pour Neuchâtel partait dans dix minutes.

Sur l'escalator qui descendait vers les voies, Matthias pensa d'un seul coup à Sybille. *Quel imbécile !* Il n'avait pas pensé à lui rapporter un souvenir de Paris. Sa femme était fragile depuis la naissance des jumeaux. Elle lui en voudrait, il se confondrait en excuses, mais rien n'y ferait. Il mettrait des jours à rattraper le coup.

En montant dans le train, il en vint à maudire la petite Greta de la gare de Lyon. Cette garce l'avait distrait.

L'idée de se disputer avec Sybille lui devint insupportable. Matthias descendit du train à Genève-Cornavin, traversa le hall grouillant de monde et jeta un coup d'œil rapide dans divers commerces. Peu convaincu, il gagna la rue du Mont-Blanc.

Genève lui rappelait Paris. Presque aussi insupportable, tant par son rythme de vie que par sa mentalité. Il se promit de ne pas y traîner plus d'une heure. Il jeta son dévolu sur une boutique de vêtements pour bébés, trouva ce qu'il cherchait : deux *bodies* à l'effigie de la Tour Eiffel, cachés derrière une collection plus couleur locale, avec jet d'eau de la rade et croix blanche sur fond rouge. Après le passage en caisse, il prit soin d'ôter les étiquettes affichant le nom de la boutique et le prix en francs suisses. Il glissa ses souvenirs parisiens dans son sac et retourna attendre le prochain train.

Dans le parking de la gare de Neuchâtel, Matthias retrouva sa voiture, un gros SUV à l'efficience énergétique classée G. Le pire rapport entre consommation d'essence et émissions de CO_2. Il payait des taxes en conséquence, mais l'argent n'était pas un problème pour lui. Sa haine des *moutons verts* valait bien ce genre de sacrifice.

Il ouvrit le coffre, rangea son bagage à main à côté du sac de sport contenant le fusil à pompe, et regarda sa montre. Il était vingt heures. Le timing parfait pour un petit crochet par l'hôpital Pourtalès.

Quand Matthias rentra chez lui deux heures plus tard, il trouva Sybille endormie sur le canapé du salon. Sur la table basse, elle avait aligné une trentaine de petits bouquetins en bois. Elle en faisait la collection. Devant elle, une bouteille de gin presque vide. Pas de verre. Matthias savait qu'elle buvait au goulot.

Il prit la bouteille et la rangea dans le bar. Puis il éteignit la télévision et le lecteur DVD. La pochette posée sur l'appareil en attestait, Sybille avait regardé *Love Actually* pour la soixantième fois. Elle faisait ça quand elle avait un coup de blues. Ça lui remontait le moral, s'excusait-elle sans y croire.

Matthias déposa un baiser sur le front moite de sa femme. Son haleine était chargée d'alcool, elle émit un petit grognement, mais ne se réveilla pas.

Il alla ensuite dans la cuisine, remarqua les paquets de couches sur la table, eut la surprise d'en trouver un dans le frigo, et se servit une bière.

Sybille entrouvrit les yeux et porta ses mains à son crâne. La première chose qu'elle remarqua fut le sac de sport posé à côté de la porte.

— C'était bien, ta partie de chasse ? demanda-t-elle.

— J'étais à Paris, sourit-il tristement. Regarde ce que je t'ai rapporté.

Il lui montra fièrement les deux *bodies*. Elle les ignora.

— Ah oui, Paris... gémit-elle. Je n'aime pas quand tu t'en vas si longtemps.

— Deux jours seulement.

— C'est long, deux jours. Tu m'as manqué.

— Toi aussi, mon amour.

— Je ne crois pas. Tu t'es sûrement tapé une petite pute au Bois-de-Boulogne.

— Non, à la gare de Lyon, plaisanta-t-il pour tenter de détendre l'atmosphère. Et toi, tu as encore fait des courses. Tu ne crois pas qu'on a assez de couches ?

— C'est facile pour toi. Tu n'es jamais là et ce n'est pas toi qui les torches toute la journée.

Il mit un index sur ses lèvres.

— Moins fort, tu vas les réveiller. Ils vont bien ?

— Ils vont bien, oui ! s'énerva-t-elle. C'est plutôt à moi que tu devrais demander si je vais bien. Mais tu ne m'aimes plus !

Sybille fondit en larmes, se redressa et chercha la bouteille de gin. Quand elle comprit que son mari l'avait rangée, elle balaya les bouquetins d'un violent revers du bras. Les animaux en bois volèrent dans la pièce et martelèrent le plancher. Matthias soupira. Il ne voulait pas d'une dispute. Il avait horreur des disputes, elles lui rappelaient celles de ses parents.

5

Matthias Hodler était né après 1968, à l'apogée du mouvement hippie. Mais ses parents n'avaient jamais rejeté les valeurs traditionnelles, le mode de vie de leurs propres parents, ni la société de consommation.

Son père, Willy Hodler, avait quitté la campagne fribourgeoise avec sa mère à la fin de la guerre, pour s'établir à Provence, dans une ferme vaudoise à la frontière du canton de Neuchâtel. Avec sa femme Martha, ils élevaient des poules, des lapins et des cochons. Ils cultivaient aussi quelques hectares de maïs, de pommes de terre et de colza.

Martha était plus âgée que Willy. Elle avait eu trois enfants de deux pères différents mais personne ne le savait. Elle ne s'en vantait pas, Willy non plus. Au début des années 1970, la société avait vite fait de coller une étiquette de parias aux familles recomposées. À l'école, les enfants de ces familles devenaient les souffre-douleur de leurs camarades de classe. Si en plus, ils étaient issus du milieu paysan, les moqueries redoublaient. *Bâtard, tu pues, retourne baiser ta sœur dans la fosse à purin!* Matthias et Sophie n'y avaient pas échappé.

Matthias avait sept ans et sa petite sœur une année de moins, ce soir de l'hiver 1977, quand ses parents s'étaient disputés une énième fois sous l'emprise de l'alcool. La fois de trop, beaucoup plus violente que les précédentes. Son père avait vidé la moitié d'une bouteille d'absinthe, de l'illégale du Val-de-Travers qui frôlait les quatre-vingt degrés, *huitante*, comme on dit dans le canton de Vaud. Il tenait à peine debout.

— Ivrogne ! vociféra Martha, qui n'était pas à jeun non plus. Même pas foutu de t'occuper de tes gosses !

— Parce que toi, tu as su t'occuper de ton premier môme, je pense ?

— Pas de ça avec moi, mon gros ! Je t'interdis de me reprocher quoi que ce soit à ce sujet. Je te rappelle que c'est pour toi que je suis venue m'installer dans ce trou paumé. Parce que Monsieur voulait honorer la sépulture de son père.

— Le choix de ma mère, pas le mien. Je n'ai jamais connu mon père. Tombé stupidement du Creux-du-Van à cause du brouillard, en croyant défendre une patrie qui n'avait pas besoin d'être défendue. Un sombre idiot, à l'image de ton premier bâtard !

La gifle de Martha partit d'un coup, violente. Le claquement résonna dans la pièce et instantanément, le silence fut brisé par les pleurs de Sophie. Matthias prit sa petite sœur dans ses bras.

Surpris, Willy se tenait la joue gauche. Il resta quelques secondes interdit, fulmina, serra les poings, et allongea une droite dans la mâchoire de Martha. Elle resta groggy, face contre terre, puis releva péniblement la tête. De ses lèvres fendues coulaient des filets de bave et de sang, qui maculaient le plancher. Elle finit par se relever.

Willy voulut s'excuser, mais elle ne lui en laissa pas le temps. Elle tituba jusqu'au plan de travail de la cuisine, ouvrit un tiroir et revint avec un hachoir à viande. Menaçante, elle leva l'arme au-dessus de sa tête, prête à le frapper.

— Maman, arrête ! cria Matthias.

Martha hésita. Elle regarda son fils terrifié qui protégeait sa petite sœur, puis son mari à nouveau. Elle fusilla Willy du regard.

— Fous-le camp ! dit-elle.

— Mon amour, balbutia-t-il maladroitement, je... je ne voulais pas...

— Fous-le camp, j'ai dit ! Et ne reviens plus !

Il hésita un instant, perdu.

— Et les enfants ?

— Quoi, les enfants !

— Que vont-ils devenir ? Je suis leur père.

— Ils n'ont pas besoin d'un père comme toi.

— J'ai des droits.

— Tu n'en auras plus, quand j'expliquerai au juge ce que tu as fait.

— Moi aussi, je pourrais expliquer certaines choses...

— Et qui penses-tu qu'il croira, le juge, avec tes antécédents ?

— Martha, je t'en supplie...

— Fous-le camp ! Maintenant !

Willy se mit à pleurer comme un enfant.

— Arrête, avec tes larmes de crocodile ! Ça ne prend plus avec moi.

Il ravala un sanglot.

— Je peux leur dire au revoir ?

— Fais vite ! lâcha-t-elle sans baisser son arme.

Il prit Matthias et Sophie dans ses bras, les embrassa tour à tour, leur dit que tout irait bien, qu'ils n'avaient pas de souci à se faire. Puis il se dirigea vers la sortie.

— Qu'est-ce que tu fais ? lui demanda Martha en le voyant s'éloigner avec les enfants.

— Ils viennent avec moi.

— Il n'en est pas question. Dépose-les.

— Non.

— Je vais appeler les flics.

— Fais-le, si ça te chante.

Et Willy partit avec Matthias et Sophie dans les bras, sans se retourner.

6

Un hôpital est un lieu où l'on soigne et où l'on meurt, y compris dans une maternité. *Mais pas de cette manière!* pensa Flavie Keller en franchissant la porte du RHNe Pourtalès.

La greffière de Norbert Jemsen avait pourtant côtoyé la mort de près. Sa fille Mathilda, quatre ans plus tôt, renversée par un chauffard sur un passage pour piétons alors qu'elle rentrait de l'école. Son mari Alain l'an passé, disparu dans des circonstances tout aussi tragiques. Et, il y avait aussi la mère et le fils de Tanja...

Les morts, elle en avait aussi vu quelques-uns quand elle accompagnait «son» procureur sur des scènes de crime ou d'accident. Ce n'était pas pareil. Il y avait la barrière psychologique du travail, cette protection que le cerveau enclenchait automatiquement pour réduire le cadavre au stade de simple pièce à conviction d'un dossier judiciaire. Mais quand la victime était un enfant, cette barrière vacillait.

Le commissaire Dan Garcia les attendait dans le hall du cinquième étage. Deux gendarmes montaient la garde devant une rubalise rouge et blanche empêchant l'accès au couloir de la maternité.

— Où est-ce que ça se passe? demanda Jemsen.

— Chambre 5014, répondit l'officier de police judiciaire.

— Et les autres patientes ? demanda Flavie.

— Déplacées dans le COP, avec leurs bébés.

Le *Centre Opératoire Protégé* était l'hôpital de crise, un hôpital sous l'hôpital, construit dans ces anciens abris antiatomiques que la Confédération avait rendus obligatoires pendant la guerre froide. On ne l'utilisait qu'en cas de catastrophe, s'il fallait doubler le nombre de lits.

Un gendarme souleva le ruban en plastique pour les laisser passer. Garcia les précédait. Après quelques mètres, Jemsen s'arrêta et appuya une main contre le mur.

— Ça ne va pas ? lui demanda Flavie.

— Si… murmura-t-il. Simplement…

Il désigna l'environnement autour de lui et n'eut pas besoin d'en dire plus. Elle avait compris. Ces couloirs blancs rappelaient à Jemsen l'attentat qui avait failli lui coûter la vie.

— Ça va aller, dit-il et il se dirigea vers la chambre 5014.

Une autre rubalise avait été tendue en travers de la porte grand ouverte, avec la mention : *Attention ! Traces*. Il était interdit de pénétrer dans la chambre d'hôpital sans être muni d'une combinaison intégrale. Le commissaire, le procureur et la greffière restèrent dans le couloir, sur le pas de la porte.

À l'intérieur, trois agents du service forensique étaient à l'œuvre. La fameuse combinaison blanche à usage unique recouvrait tout leur corps, gants, cagoule resserrée sur le pourtour du visage pour empêcher la chute de cheveux ou de gouttes de sueur, même leurs chaussures étaient emballées dans la protection de PLP antistatique. Ils portaient des masques sur le bas du visage et des lunettes de protection.

Un membre de la police scientifique était accroupi au pied du lit, maculé de sang. À l'aide d'une pince à épiler, il retirait des billes de plomb du matelas moucheté de trous et les déposait délicatement dans des sachets minigrip, qu'il numérotait en fonction de marqueurs qu'il avait préalablement épinglés à côté de chaque orifice.

Le deuxième policier prélevait de l'ADN sur les poignées extérieure et intérieure de la porte avec une sorte de coton-tige géant. Il plaçait ensuite les écouvillons dans des tubes en plastique transparent, qu'il revissait et sur lesquels il collait des étiquettes pour marquer l'emplacement exact de chaque prélèvement.

Le troisième policier photographiait ce qui avait été un berceau, au centre de la pièce.

— Bon Dieu ! souffla Jemsen. Quel genre de taré a pu faire un truc pareil ?

La déflagration avait complètement déformé les supports métalliques et brisé la moitié de la coque en plexiglas. Du bébé, il ne restait pratiquement rien, aucune partie de corps reconnaissable. Le sang mêlé de matière organique souillait ce qui restait du berceau et avait éclaboussé la chambre du sol au plafond.

7

En voyant ses bouquetins éparpillés sur le plancher, Sybille Hodler était redevenue une petite fille. Sous les yeux de Matthias, elle quitta le canapé et se mit à parcourir le salon à quatre pattes en essayant de regrouper sa précieuse collection. Elle vérifia chaque animal, se remit à pleurer quand elle constata que l'un d'eux avait une corne cassée et le berça dans ses bras, comme elle l'aurait fait avec ses jumeaux.

Matthias tendit une main bienveillante à sa femme et l'aida à se relever. Elle tituba à cause de l'alcool. Il la retint et l'enlaça, trop heureux d'avoir évité une dispute.

— Ce n'est pas grave, mon cœur, lui dit-il. Un point de colle et ton bouquetin sera comme neuf.

— Tu me le promets ?

— Promis.

— Je t'aime.

— Moi aussi je t'aime.

— Promets-moi aussi que tu ne partiras plus jamais aussi longtemps.

Il lui sourit, c'était une promesse qu'il ne pouvait pas lui faire. Elle l'embrassa à pleine bouche en passant ses mains dans ses cheveux et les retira brusquement.

— Qu'est-ce que c'est ? On dirait du sang.

— C'est du sang, confirma-t-il.

Elle ouvrit de grands yeux inquiets.

— Tu es blessé ?

— Ce n'est rien. Je me suis cogné tout à l'heure en refermant le coffre de la voiture.

— Laisse-moi voir ça, dit-elle de sa petite voix enfantine. Je vais te soigner.

— Ce n'est rien, je te dis. Une simple égratignure. Je vais prendre une bonne douche et il n'y paraîtra plus.

Sybille voulut répliquer, mais Matthias posa un index sur les lèvres de sa femme. Elle en connaissait la signification : sujet clos, discussion suivante.

Elle recula d'un pas, baissa la tête et tortilla les doigts comme si elle avait fait une bêtise.

— Tu m'en veux pour les couches ?

— Penses-tu, ma chérie. Mais là, je crois qu'on en a assez pour plusieurs mois.

— J'ai toujours peur d'en manquer.

— Aucun risque.

— C'est un reproche ?

Il lui sourit tendrement.

— Non, mais évite à l'avenir d'en mettre dans le frigo.

— J'ai fait ça ? Oh, désolée. Les enfants ont dû se mettre à pleurer quand j'étais en train de ranger les commissions. Je n'aime pas quand ils pleurent, ça me stresse.

— Pourquoi ?

— Parce que je sais que tu détestes ça.

Matthias ne put la contredire. Comme pour donner raison à sa femme, le *babyphone* posé sur la table du salon se mit à crépiter. Le haut-parleur diffusa d'abord des hoquets, puis des gémissements. Quand les jumeaux se mirent à crier, Sybille, les mains tremblantes, éteignit l'appareil et monta précipitamment à l'étage.

Une fois seul, Matthias descendit à la cave avec le sac de sport et rangea le fusil à pompe dans un grand coffre-fort. Puis il remonta au salon, prit sa bière et sortit sur le balcon. Pour un mois d'avril, les températures étaient au-dessus des moyennes saisonnières, mais ça ne durerait pas. Déjà la lune et les étoiles disparaissaient derrière les nuages, une légère brume recouvrait le lac. La météo annonçait de fortes précipitations pour le lendemain et le reste de la semaine.

Matthias alluma une cigarette et la savoura en contemplant la vue. En contrebas, le port de Saint-Aubin était encerclé par des grues de chantier. Les constructions d'immeubles fleurissaient avec le printemps et dénaturaient la paisible localité. De l'autre côté du lac, Estavayer avait anticipé les intempéries en allumant son feu de tempête. Cette fois, MétéoSuisse n'avait pas traîné. On leur reprochait toujours de déclencher ces gros phares de terre bien après que le joran s'était levé. La rive opposée paraissait plus proche que d'habitude, signe de très mauvais temps : l'air saturé d'humidité faisait effet de loupe.

Matthias écrasa sa cigarette sur le rebord du balcon et jeta le mégot dans le talus de verdure en contrebas. Il mettrait dix à douze ans à se biodégrader. Cette pensée le fit sourire et il but une gorgée à la santé des *moutons verts*.

Puis il regagna le salon et alluma la télévision. La RTS diffusait un navet. Il zappa sur les différentes chaînes françaises et s'arrêta sur BFM TV. La journaliste mentionnait la visite imminente d'Emmanuel Macron en Polynésie française, le président français devait s'exprimer sur les essais nucléaires dans le Pacifique, un texte défilait au bas de l'écran :

> *Assassinat de la petite Greta gare de Lyon : les enquêteurs annoncent de nouvelles informations pour demain matin.*

Matthias sourit. L'enquête française ne pouvait que piétiner. La police courait après un fantôme. Jamais elle ne remonterait jusqu'à lui, il était confiant. Comme à l'hôpital Pourtalès, il avait pris toutes les précautions pour conduire les enquêteurs sur une fausse piste. Celle d'un homme qui n'existait pas.

Matthias termina sa bière et monta à l'étage. Il trouva Sybille étendue sur le lit conjugal, entièrement nue, un jumeau de part et d'autre de la poitrine, comme une allégorie de la fertilité. Matthias eut presque envie d'elle.

8

Le regard de Jemsen restait focalisé sur le sang qui dégoulinait du berceau en plexiglas. L'image lui rappelait une scène qu'il avait vécue lors d'une mission au Kosovo, quand la police locale, avec l'appui de la KFOR, avait investi la villa d'un parrain de la pègre locale de Pristina. Dans une chambre forte du sous-sol, ils avaient découvert un hachoir industriel, une machine haute de deux mètres. La bouche métallique vomissait encore des coulures de sang séché. Les prélèvements avaient révélé la présence d'au moins cent-vingt profils ADN humains différents.

Ici, il n'était question que d'une petite fille, un nourrisson, vaporisé par une cartouche de chevrotine. La question du procureur planait encore dans le couloir : *Quel genre de taré a pu faire un truc pareil ?*

— Même si on ne doit évidemment fermer aucune porte, dit Garcia, on doit privilégier la piste d'un proche.

— Vous pensez à qui ? demanda Flavie.

— Pas à la mère. Elle a un alibi, elle fumait une cigarette au moment des faits. Ça a été confirmé par des infirmières.

— Elle était certes absente quand l'auteur a agi, mais elle pourrait être son complice, osa Jemsen.

— Possible, confirma Garcia. Mais honnêtement, ça m'étonnerait beaucoup. Si vous aviez vu son état...

— Les bonnes actrices, ça existe, provoqua Flavie à son tour, sans vraiment croire à ce qu'elle disait.

— Pas dans son cas, soyez-en sûrs. De toute façon, nous serons bientôt fixés. Elle est entre les mains des psys. Le CUP vient d'ordonner son hospitalisation à Préfargier.

Le *Centre d'Urgences Psychiatriques* était un service chargé d'évaluer les patients décompensés sur le plan psychique et de les orienter vers les structures de soins adéquates.

— Et le père du bébé ? demanda le procureur.

— Nous ne savons pas où il est. Mes hommes sont sur le coup et je l'ai fait signaler sous mandat de recherches à RIPOL.

— Les parents étaient séparés ou divorcés ?

— Ni l'un ni l'autre selon le registre de l'état civil.

— Vous n'avez qu'à interroger la mère, suggéra la greffière.

— Nous le ferons dès que possible. Mais c'est inenvisageable dans l'immédiat. Elle est sous sédatif et les médecins se sont formellement opposés à son audition.

Jemsen recula d'un pas et regarda dans le couloir de la maternité. Il repéra les caméras.

— Vous avez récupéré les images de la vidéosurveillance ? demanda-t-il à Garcia.

— L'hôpital les a sauvegardées à notre demande, mais leur service juridique exige un mandat du ministère public pour nous les remettre.

— Je note, dit Flavie en sortant un calepin. Je rajoute le séquestre du dossier médical du bébé ?

— Volontiers. Même si je doute que ça nous apprenne quoi que ce soit. Rajoutez-le, s'il vous plaît, les légistes vont probablement le requérir.

— Les légistes ? s'étonna le procureur.

— Ils sont en route, mais il leur faut du temps pour venir depuis Lausanne.

— Vous préconisez une autopsie ? Mais il n'y a plus rien à autopsier !

— Ce sera aux légistes de répondre à cette question.

La greffière rajouta dans ses notes : *mandat d'autopsie au CURML*, le Centre universitaire romand de médecine légale.

— Et l'arme ? demanda Jemsen.

— Nous ne l'avons pas retrouvée. Le service forensique penche pour un fusil à pompe de gros calibre, du genre de ceux qu'utilise notre groupe d'intervention pour stopper les voitures. Un jour, j'ai tiré avec une telle arme sur une grosse cible, à deux mètres de distance. Il n'en est resté que quelques esquilles, rien de plus. On enverra les billes de plomb pour analyse aux spécialistes en balistique de la police cantonale zurichoise. Mais je doute que ça donne des résultats probants.

— La douille ?

— Aucune douille n'est éjectée de ce genre d'arme, sauf si vous refaites un mouvement de charge.

— Et les traces ?

— Il faut attendre les analyses du service forensique. On a peu d'espoir avec l'ADN et les empreintes digitales sur les poignées de la porte. Beaucoup trop de gens les ont touchées. Mais avec un peu de chance, nous obtiendrons un profil de mélange exploitable. À vrai dire, nous comptons surtout sur les empreintes de semelles. Le SF en a retrouvé quelques-unes. Il faudra faire un tri avec les chaussures de la mère et du personnel médical. Nous les avons toutes récupérées pour un encrage comparatif. On verra bien.

Jemsen soupira, les pistes étaient maigres. Son regard s'arrêta sur une étiquette accrochée au pied du berceau. Cette partie du plexiglas n'avait pas été détruite par la grenaille, mais en raison de la distance, il n'arrivait pas à lire le prénom du bébé inscrit sur l'étiquette.

— Comment s'appelait-elle, cette petite fille ?

— Greta.

9

Les jumeaux tétaient goulûment les seins de Sybille. Matthias se demanda si le lait avait le goût de gin. Après tout, ils n'en dormiraient que mieux et lui pourrait enfin passer une vraie nuit.

— Tu crois qu'on a fait le bon choix? demanda sa femme.

— De quoi tu parles?

— D'avoir des enfants.

Matthias marqua un temps de surprise.

— Bien sûr que nous avons de la chance d'en avoir! Nous formons une famille heureuse, je les aime. Et toi aussi, je t'aime.

— Je ne te parle pas d'amour ni de famille. Je te parle de futur, de l'avenir de ce monde. Nos enfants vont devoir affronter les erreurs de leurs parents et celles des générations précédentes.

— Quelles erreurs?

— La mondialisation, la société de consommation, le gaspillage de l'énergie, la pollution, les conséquences sur le climat. La fonte des glaces, l'inversion du Gulf Stream, la multiplication des catastrophes naturelles. Ils en parlaient tout à l'heure au journal. Le GIEC vient d'émettre un nouveau rapport, il prédit carrément la fin du monde.

— Le GIEC est composé d'imbéciles. Ils pondent des rapports alarmistes – ils doivent en être au millième – mais ils ne proposent jamais d'action concrète. Et sais-tu pourquoi?

Parce qu'il n'y a aucune mesure à prendre. Le climat connaît des variations régulières depuis que la Terre existe, notre planète connaît des cycles de glaciation et de réchauffement depuis deux millions d'années. Réchauffement climatique... quel réchauffement ? L'hiver dernier, on n'a jamais eu autant de neige dans le canton.

Matthias avait insensiblement monté le ton. Sybille répondit plus doucement.

— Le journaliste a dit qu'il ne faut plus parler de réchauffement, mais de dérèglement climatique. Regarde ces catastrophes, ces pluies diluviennes et ces inondations au nord de l'Europe, alors que le sud est touché par la canicule et les incendies.

— Il a toujours fait froid au nord et chaud au sud. Quoi de neuf ?

— Il paraît que ces phénomènes vont empirer. Ça m'inquiète. Pour l'avenir de nos enfants.

Matthias soupira.

— Alors, cesse de regarder les nouvelles et de lire les journaux. Tu verras, tu te sentiras beaucoup mieux. Et s'il te plaît, arrête de suivre le troupeau. Tu vaux beaucoup mieux que tous ces *moutons verts*.

Sybille baissa les yeux et reprit sa voix de petite fille.

— Tu es fâché ?

— Bien sûr que non, mon cœur. Mais tu te laisses trop influencer. Il ne faut pas croire tout ce que disent les journalistes. Une partie de toi est suffisamment intelligente pour le comprendre.

— Et l'autre partie ?

Matthias lui sourit tendrement.

— C'est aussi pour ton côté naïf et enfantin que je t'aime.

Il s'apprêtait à quitter la chambre.

— Tu ne viens pas te coucher ?

— Je n'ai pas pris ma douche. Et j'ai encore quelques mails à traiter pour le travail. La journée de demain va être longue.

Matthias lança un dernier regard aux deux petites têtes blondes appuyées contre la poitrine de Sybille. Il avait de la chance de les avoir. On disait parfois que les malheurs familiaux sautaient une génération. Il voulait croire à cette théorie.

En descendant l'escalier pour rejoindre son bureau, il ne put s'empêcher, comme chaque fois, de se rappeler l'acte odieux de son père.

10

— Willy ! Qu'est-ce que tu fais ? cria Martha, pieds nus dans la neige.

— Je te l'ai dit, j'emmène les enfants.

— Où ça ?

— Voir leur grand-père.

Il ouvrit la portière de la vieille Jeep. « Sa » Jeep. Il l'avait choisie en référence à son prénom : une Willys CJ-3B. Pratique pour le travail dans les champs et pour tirer des remorques agricoles. Pour les routes enneigées aussi.

Il déposa Matthias, terrorisé, sur le siège avant. Il s'apprêtait à faire de même avec Sophie, quand il entendit sa femme s'approcher en vociférant :

— Tu ne les emmèneras nulle part ! Ils sont à moi !

Il se retourna. Martha s'avançait vers lui, le hachoir à la main. Elle leva l'arme pour frapper. Il utilisa Sophie comme bouclier en tendant la petite fille à bout de bras devant lui.

— Vas-y ! Tue-la ! Tue ta gosse !

La fillette de six ans pleurait. Martha stoppa son geste.

— Lâche !

Willy ne répondit pas. À reculons, il monta dans la Jeep sans quitter sa femme des yeux. Il garda Sophie sur les genoux, inséra la clé de contact et démarra.

La voiture quitta Provence dans la nuit et prit la direction du Val-de-Travers. La route de la Montagne portait bien son nom. Elle serpentait dur à travers champs et forêts pour atteindre les hauts plateaux, leurs pâturages et leurs métairies, fermées l'hiver.

Les chemins des Petites Fauconnières et de la Baronne avaient disparu sous l'épaisse couche de neige. Willy suivit les traces des véhicules passés dans la journée. Il visait la route entre les rangées de piquets de balisage. Les phares de la Jeep éclairaient de vastes étendues blanches, parsemées de conifères. Par endroit, on se serait cru en Laponie finlandaise.

Willy gara la voiture sur le parking du restaurant du Soliat, fermé lui aussi à cette saison. Aucune lumière ne filtrait de la vieille ferme neuchâteloise. Il fit descendre les enfants.

— Où on va, papa? demanda Matthias.

Son père lui sourit tristement. L'enfant remarqua qu'il avait les larmes aux yeux.

— Je veux vous montrer quelque chose.

— Pourquoi tu pleures?

— Parce que c'est quelque chose de triste.

Ils marchèrent dans la neige, passèrent à côté du restaurant plongé dans l'obscurité, les pâturages avaient disparu sous la poudreuse. Willy vit tout de suite que du haut de ses six ans, Sophie n'y arriverait pas. Il la prit dans ses bras.

— Et moi? demanda Matthias.

— Toi, tu as sept ans, tu es un grand garçon. Et les garçons sont plus forts que les filles. Tu n'as qu'à marcher dans mes traces.

Matthias suivit la consigne de son père. Il s'enfonçait dans la neige molle, perdait l'équilibre, tombait à genou, puis se redressait. Il gémissait, il avait froid. Il n'avait pas de gants, ni de bonnet. Pas de veste non plus. Ils étaient partis trop précipitamment. Dans les bras de Willy, Sophie grelottait en silence.

Ils mirent une bonne vingtaine de minutes à atteindre le bord de l'abîme. La lune était presque pleine, elle éclairait les falaises du cirque. Deux kilomètres de diamètre. Et la brume au fond, comme si l'ancien glacier continuait de sculpter les parois de calcaire. Un immense amphithéâtre vide, Le Creux-du-Van.

Un muret de pierres sèches, fraîchement reconstruit, séparait les pâturages du bord de la falaise. Willy l'enjamba en portant Mathias soulagé de bénéficier du même traitement que sa sœur.

Un enfant dans chaque bras, Willy longea l'abîme sans trop s'approcher du bord. Le sol était glissant. Il se dirigea vers un petit bosquet, à côté duquel se dressait un poteau métallique. Une plaque était fixée dessus. Au pied du poteau, un vase destiné à recueillir des fleurs que les promeneurs pouvaient déposer pour entretenir le souvenir du défunt. Le vase était vide, l'eau gelée.

Willy lut l'inscription à ses enfants.

Ici est tombé en servant sa Patrie le 25 juillet 1940 dans sa 21e année
le sapeur Francis Hodler de La Tour-de-Trême Fribourg R.I.P.
Sa famille affligée

— C'est quoi, un sapeur? demanda Matthias.

— Un soldat. Francis était votre grand-père. Mon père. Il s'est envolé de cet endroit il y a trente-sept ans, l'année de ma naissance.

— Il s'est envolé à cause du vent?

— Non, répondit tristement Willy. Le Creux-du-Van n'a rien à voir avec le vent. Ça ne s'écrit pas pareil. Van signifie «rocher» en langue celtique.

— Ça veut dire quoi, celtique?

Willy regarda son fils et ravala un sanglot.

— Ce n'est pas important. Ce qui l'est, c'est que votre mère veut nous séparer. Il n'en est pas question. Si je ne peux plus vous voir, il n'y a pas de raison qu'elle vous garde pour elle toute seule.

Toujours en tenant ses enfants dans ses bras, il avança vers le bord de la falaise, ferma les yeux et ajouta:

— Nous aussi, nous allons nous envoler.

11

— Il me faut un café, dit Jemsen en regardant la scène de crime. Je sens que la nuit va être longue.

— On peut demander au personnel de nous apporter un thermos, proposa Garcia.

— Inutile de les déranger, ils ont bien d'autres choses à faire. J'ai vu un distributeur dans le hall d'entrée. Et puis, j'ai besoin de prendre l'air.

— Je vous accompagne, dit Flavie. J'en profiterai pour aller chercher l'ordinateur et l'imprimante dans la voiture, comme ça on gagnera du temps avec les mandats.

Le procureur et sa greffière laissèrent l'OPJ sur le pas de la porte de la chambre 5014 et se dirigèrent vers les ascenseurs. Flavie remarqua que Jemsen était blême.

— Ça va ? lui demanda-t-elle.

— Pas terrible.

— À cause de l'hôpital ?

Les cicatrices de son visage avaient presque entièrement disparu, mais la chirurgie n'était d'aucun secours pour celles de son âme. Flavie savait que la bombe avait meurtri bien plus que ses chairs, elle avait annihilé son ancienne vie. Il ne partageait ce secret qu'avec elle, Garcia et Tanja. Mais Tanja n'était plus là.

— Non, mentit-il partiellement. Pas à cause de l'hôpital. J'en ai vu des atrocités, au Kosovo, à Gaza, au Darfour et en

Afghanistan. Des enfants, victimes collatérales de ces conflits. Ici, nous vivons dans un petit paradis où les gens capricieux s'inventent des problèmes insurmontables à partir de broutilles. Ces gens mériteraient des baffes. Mais là, ce soir, c'est un bébé ! Un nourrisson qu'un monstre a délibérément pris pour cible, pas une victime collatérale. Et ça, c'est un vrai problème. Un bébé, nom de Dieu !

L'ascenseur arriva au cinquième, ils entrèrent, Flavie pressa le bouton du rez-de-chaussée.

— Je comprends ce que vous ressentez, dit-elle. Notre travail n'est déjà pas facile, mais quand il est question d'enfants... Et je peux vous dire que c'est encore pire quand vous avez vous-même été parent.

La greffière savait que « son » procureur n'avait jamais eu d'enfant, mais elle pensa à cette femme mariée dont il lui avait parlé tout à l'heure au restaurant.

— Votre amie Mélanie a-t-elle des enfants ?

— Non. Elle...

Il allait lui répondre qu'elle n'en avait jamais voulu, mais il n'était pas sûr que ce fût la vérité. Mélanie était toujours restée très laconique sur le sujet, se contentant de brandir son poste à responsabilités et son travail chronophage comme un joker permettant de passer à la question suivante. Les portes de l'ascenseur s'ouvrirent sur le hall d'entrée.

— Il faudra que vous me la présentiez, sourit Flavie en marchant vers la sortie. Je vous rejoins au distributeur.

Devant les portes de l'hôpital, des gendarmes retenaient un homme qui voulait entrer dans le hall. Derrière lui, il y avait d'autres personnes et l'une d'elle tenait une caméra. Il y eut un flash d'appareil photo.

Le procureur avait fini son café, quand sa greffière le rejoignit avec les sacoches de l'ordinateur portable et de l'imprimante.

— Les vautours sont déjà là, soupira-t-elle.

— Un autre aspect de notre travail, ça fait partie du jeu. Que savent-ils ?

— Je n'ai répondu à aucune question, mais ils connaissent l'identité de la victime. Ils tirent déjà des parallèles entre le prénom du bébé et les manifestations pour le climat.

— Ce n'est pas parce que Greta est devenu un prénom à la mode qu'il y a un lien.

— Bien sûr que non, répondit-elle. Il y a plein de petites Greta aujourd'hui, comme il y a eu pléthores de Kevin dans les années 1990 après *Maman, j'ai raté l'avion* ou de Léa dans les années 2000 avec la chanson de *Louise Attaque*. Mais apparemment, les journalistes savent que les parents du bébé sont des militants de la cause climatique.

— Une information que Garcia ne nous a pas donnée.

— Peut-être qu'il l'ignore.

Le journaliste retenu par les gendarmes héla le procureur à travers le hall. Jemsen saisit sa greffière par un bras.

— Venez, ne restons pas ici.

Il l'entraîna vers les ascenseurs et ils remontèrent au cinquième étage. Dans le couloir, Jemsen sortit son téléphone et se logua sur le site Internet de RTS la Première. C'était l'heure du journal radiophonique de 22 h 30. Les infos débutèrent par les nouvelles internationales, inondations en Belgique et en Allemagne, incendies en Grèce et au Portugal. L'Europe déplorait de nombreux morts. Quand vint le tour des nouvelles régionales, la journaliste évoqua succinctement deux faits divers qui secouaient le canton.

Le meurtre d'un nourrisson aurait eu lieu ce soir à la maternité de l'hôpital Pourtalès. La police et le ministère public sont sur place et confirment l'information, mais se refusent pour l'heure à tout commentaire. Une conférence de presse est annoncée pour demain matin.

Par ailleurs, toujours à Neuchâtel, une manifestation pour le climat a dégénéré en place Pury, ce soir aux alentours de 21 h 30. Les militants s'en sont pris à une agence de la Banque Commerciale de Crédit et de Gestion, qu'ils ont commencé à encercler d'un mur de briques et de béton. Quand la police est intervenue, des manifestants ont lancé des projectiles contre les forces de l'ordre qui ont répliqué à coup de lances à eau et de grenades lacrymogènes. Plusieurs personnes ont été arrêtées et placées en garde à vue, dont une professeure renommée de l'Université de Neuchâtel, connue comme une fervente avocate de la cause climatique.

Jemsen vacilla et ouvrit de grands yeux incrédules. La journaliste ne donnait aucun nom, le site Internet ne diffusait aucune image. Le procureur mit un certain temps à ouvrir son compte Facebook qu'il n'utilisait que passivement pour son travail, et consulta la page du journal local ArcInfo. Le titre apparaissait dans les dernières publications :

La professeure Mélanie Antoine en garde à vue.

Jemsen se tourna vers Flavie et lui montra l'écran de son téléphone. Elle reconnut un visage qu'elle avait déjà vu dans les médias, celui d'une femme, la quarantaine, la cinquantaine. Il était difficile de lui donner un âge, mais elle était belle et digne, dans un tailleur bien coupé.

— Vous vouliez que je vous présente mon amie ? dit le procureur. Je ne peux hélas le faire que virtuellement. Voici Mélanie.

12

La voiture traversa la ville sous les premières gouttes de pluie. Flavie emprunta l'avenue du Premier-Mars. De l'autre côté du jardin Anglais, les gens sortaient des cinémas. Ceux qui n'avaient pas de parapluie se hâtaient vers les parkings du port et des Jeunes-Rives.

— Pourquoi tenez-vous tellement à aller au BAP ? demanda-t-elle à Jemsen.

Ce qu'on appelle le BAP est le bâtiment administratif de la police de Neuchâtel. Jemsen et sa greffière connaissaient bien les lieux. Jusqu'à récemment, le ministère public était installé là, au plus près de l'instruction. Et puis, il avait déménagé à La Chaux-de-Fonds. Les procureurs avaient toutefois conservé une salle d'audience pour les services de permanence.

— Pourquoi le BAP ? Parce que je suis le proc' de perm' et que j'aimerais comprendre pourquoi on ne m'a pas avisé de l'arrestation de Mélanie.

— Vous savez bien que la police n'en a pas l'obligation dans les trois premières heures qui suivent l'interpellation.

— Certes, mais il paraît assez évident que Mélanie va y passer la nuit. Et vu sa personnalité et le battage médiatique qui s'est déjà mis en branle, c'est une affaire sensible. Je ne comprends pas que le chef de quart n'ait pas au moins informé l'OPJ. Garcia n'était même pas au courant.

— Le chef de quart a dû penser que Garcia était déjà suffisamment occupé à Pourtalès. Et d'ailleurs vous aussi, vous pourriez toujours être à Pourtalès.

— Nous ne servions plus à rien.

— Vous auriez pu gérer les journalistes.

— Je n'en avais pas la force, pas seul. Je préfère attendre la conférence de presse de demain matin. Comme ça, nous pourrons nous coordonner avec l'OPJ et le porte-parole de la police.

— Et les mandats?

— Nous les rédigerons et les imprimerons depuis les ordinateurs de la salle d'audience du BAP.

Flavie soupira.

— Vous savez, ce n'est jamais très sain de laisser ses sentiments personnels interférer dans une affaire. C'est pour ce genre de situation que le code de procédure pénale prévoit des motifs de récusation. Peut-être que la gendarmerie n'a pas voulu vous aviser parce qu'elle est au courant de votre relation.

— Personne n'est au courant, hormis Mélanie, vous et moi.

— Flattée que vous me fassiez confiance à ce point.

Jemsen lui sourit.

— C'est parce que vous êtes bien plus que ma greffière, Flavie. Vous êtes mon ange gardien. Sans vous, je ne pourrais pas faire ce travail. Le Jemsen d'avant l'attentat connaissait par cœur les rouages de la machine judiciaire.

Et il était détesté de la police, pensa Flavie. Mais elle s'abstint de le lui rappeler et gara la voiture près du grand bâtiment en forme de camembert, rue des Poudrières.

Le procureur joua de son badge sur les serrures magnétiques du BAP. La réception était plongée dans l'obscurité, les couloirs aussi. De la lumière filtrait de rares bureaux. Jemsen alla directement à celui des chefs de quart. Il salua le sergent-major Perny et lui demanda:

— Pourquoi n'avez-vous pas envoyé l'avis d'arrestation de madame Antoine?

— Je l'ai fait.

— Pourtant, je viens de consulter ma boîte mail et je ne l'ai pas reçu.

— Je l'ai envoyé au procureur Kornisch.

Jemsen s'étonna.

— Pourquoi lui ? Il n'est pas de permanence.

— Parce que madame Antoine a expressément refusé que ce soit vous qui vous chargiez de son cas.

— Et depuis quand les prévenus ont-ils le droit de choisir le procureur en charge de leur dossier ?

— Elle a dit qu'elle vous récuserait immédiatement si c'était le cas. Alors, comme vous étiez bien occupé avec l'affaire du bébé, j'ai pensé...

— Vous auriez dû me consulter.

— Je suis navré. La liste de permanence indiquait que le procureur Kornisch était votre suppléant cette semaine.

— A-t-il réagi à l'avis d'arrestation ?

— Non. Je doute même qu'il l'ait lu.

La réponse ne surprit pas Jemsen. Son collègue Sylvain Kornisch approchait de la retraite et il n'était pas réputé pour faire du zèle, au contraire. Son incompétence le poursuivait depuis de nombreuses années et la police ne l'aimait pas. Jemsen non plus. Moins il le côtoyait, mieux il se portait.

— Dans ce cas, je reprends la main sur l'affaire Mélanie Antoine. Que lui reproche-t-on exactement ?

Jemsen ignora le regard empli de reproches que lui lança sa greffière.

— Elle était à la tête des manifestants et haranguait la foule avec un mégaphone, répondit le chef de quart.

— A-t-elle participé à la construction du mur devant l'entrée de la banque ?

— Pas directement, mais il est clair que ses propos virulents encourageaient cet acte.

— A-t-elle prôné l'usage de la violence contre la police ?

— Non. Elle a plutôt cherché à calmer les émeutiers.

— Les faits sont clairs ?

— Oui. Il y a de nombreux témoins et la scène a même été filmée par les gendarmes.

— Dans ce cas, pourquoi maintenez-vous madame Antoine en garde à vue ?

— J'attendais des directives du ministère public.

— Eh bien, je vous les donne : libérez-la !

Derrière les deux hommes, Flavie secoua la tête de dépit et soupira.

13

Après avoir signé les mandats pour l'affaire du bébé, le procureur renvoya sa greffière chez elle et lui donna rendez-vous au BAP le lendemain de bonne heure, pour un point de situation avec les enquêteurs. Flavie lui proposa de le reconduire chez lui, il déclina.

— Vous n'allez tout de même pas traverser la ville à pied sous la pluie…

— Je prendrai le dernier bus.

Elle avait compris ses intentions, ne fit aucun commentaire mais n'en pensa pas moins.

Jemsen patientait sous l'abribus des Poudrières, en face de l'entrée du BAP lorsqu'il aperçut Mélanie.

Il attendit que le gendarme qui la raccompagnait referme la porte, puis il fit un signe discret à son amie. Elle le rejoignit. Aucun sourire ni signe d'affection. Ils étaient convenus de ne jamais s'afficher en public.

— Tu n'aurais pas dû faire ça.

Il lui répondit par un timide «Bonsoir» et ajouta:

— Tu préférais dormir dans une cellule pourrie, avec la lumière allumée toute la nuit?

— Sans aucun doute. Pour toi comme pour moi, ça aurait été préférable.

Jemsen prit deux billets simple-course, le bus arrivait. Ils montèrent et s'assirent côte à côte, mais ne s'adressèrent pas la parole durant les vingt minutes du trajet qui séparaient le BAP du Bas-du-Mail. Ce qu'ils avaient à se dire ne regardait pas les rares passagers.

Arrivés à destination, ils grimpèrent à pied la colline sous la pluie et entrèrent détrempés chez Jemsen, avenue de Bellevaux. Mélanie détestait la déco très impersonnelle de ce petit appartement de célibataire.

— Quand vas-tu te décider à changer le mobilier? demanda-t-elle.

La professeure avait un caractère bien trempé et il lui arrivait parfois de faire preuve d'une fierté mal placée. Elle préférait donc marquer son territoire par des paroles franches et directes. Et concernant l'ameublement de Jemsen, elle avait plutôt raison: le procureur ne s'était jamais senti chez lui dans cet appartement. Il ne lui avait jamais non plus parlé de son défunt frère, mais elle n'était pas dupe. Cet environnement froid et sans cachet ne lui correspondait pas.

— Je ne pense pas que ce soit vraiment le moment de parler de ça, dit-il.

— Tu préfères qu'on passe directement dans la chambre pour baiser?

Elle peinait à cacher son malaise.

— Ce n'est pas à moi de te faire la morale, répondit Jemsen. Mais j'espère que tu as conscience que tu risques ton poste.

— Pour quelle raison? Je suis professeure de politique environnementale. L'université était au courant de mes convictions et de mon combat quand elle m'a engagée.

— Et le devoir de réserve?

— Le rectorat ne peut pas, aujourd'hui, m'interdire de participer à des manifestations en faveur du climat. Cela fait partie des conditions que j'ai posées au moment de mon engagement.

— Est-ce que ces conditions comprenaient le risque d'une garde à vue et d'une telle couverture médiatique? Je doute que l'université le voie d'un très bon œil pour son image.

— Si on s'arrête à des questions d'image, on ne fait plus rien. Pas dans ce genre de débat. Toi, tu juges mes actes avec l'impartialité du magistrat instructeur : écouter les uns et les autres, ne surtout pas prendre parti, rester neutre. Une position certainement adaptée au traitement d'un dossier pénal, mais un peu lâche quand il s'agit de l'avenir de la planète. Cela dit, tu n'as pas vraiment fait preuve d'indépendance et d'impartialité quand il s'est agi de me libérer.

Jemsen soupira.

— Écoute, Mélanie. Je ne sais pas si j'ai bien fait ou non. J'ai agi d'instinct, parce que ça m'a semblé juste. Je ne veux pas qu'on se prenne la tête.

— Un peu tard, non ?

Il éluda.

— Tu restes ici, cette nuit ?

Elle regarda sa montre.

— Une heure, pas plus. J'ai déjà reçu trois messages de mon mari, mais il doit bien se douter qu'en garde à vue, je ne peux pas lui répondre. Les médias ne vont pas tarder à annoncer ma libération. Je peux toujours lui mentir sur l'heure, mais pas sur une nuit complète.

— Ok, approuva Jemsen. Une heure et je te reconduis chez toi.

— Ce ne sera pas utile. Ma voiture est garée près de l'université.

Il acquiesça timidement, résigné. Depuis qu'ils se connaissaient, jamais il n'avait réussi à lui tenir tête. Il savait que tenter de lui faire changer d'avis était inutile. Elle s'approcha de lui, l'embrassa fougueusement et l'entraîna dans la chambre.

14

Les deux joueuses du club Nyon Basket Féminin profitaient d'une dernière douce soirée d'avril, en sirotant un cocktail à La Jetée. Le bar saisonnier avait ouvert au début du mois, mais la météo annonçait de violentes précipitations pour les semaines à venir. Les deux filles étaient affalées dans de gros fauteuils-poire rouges, sur la terrasse, à quelques mètres de la plage. Le lac Léman était calme. Elles contemplaient les villages éclairés de la rive opposée, sur le territoire français, et en arrière-plan les Alpes savoyardes aux sommets encore enneigés.

— Qu'est-ce qu'on fait ? demanda Alicia en vidant son verre.

Leurs coéquipières étaient déjà parties. Il ne restait plus qu'elles et, un peu plus loin à une autre table, un groupe d'adolescents. Le serveur leur avait indiqué qu'il était sur le point de fermer. Il était 23h.

— Tu connais mieux la ville que moi, répondit son amie avec un accent alémanique. Qu'est-ce que tu proposes ?

Depuis ses débuts dans le basket, Alicia Margot avait toujours joué à Nyon. Transférée du BC Winterthur, Greta Schwarzenbach n'était arrivée qu'en début de saison. Elles avaient toutes les deux dix-neuf ans. Leur coach leur avait exceptionnellement donné quartier libre avant le début des play-offs. Elles avaient l'intention d'en profiter.

— On peut aller à l'After Club.

La Zurichoise acquiesça.

Les deux filles traversèrent la rue de Rive et gagnèrent la discothèque. Elles burent des verres et dansèrent jusqu'au bout de la nuit, repoussant de temps à autre un garçon trop entreprenant. Les beats martelaient leurs tympans, elles étaient un peu ivres mais joviales.

Une heure avant la fermeture, elles commandèrent une dernière tournée et s'installèrent dans des canapés. Greta consulta son téléphone, lut ses messages et afficha soudain le visage d'une petite fille espiègle.

— Hé ! s'exclama-t-elle. Kenny m'a écrit !

— Qu'est-ce qu'il veut ?

Sa coéquipière lui montra le message en anglais. Kenny lui demandait s'il pouvait la voir.

— Veinarde, dit Alicia un peu jalouse.

Ken Robinson était un ancien joueur de NBA, qui avait décidé de terminer sa carrière en Europe. Le renfort américain avait joué en France, à Villeurbanne et Limoges. Le BBC Nyon l'avait engagé en cours de saison.

— Qu'est-ce que je lui réponds ?

— Ce que tu veux, c'est ton cul, pas le mien.

Greta échangea quelques messages avec Kenny.

— Alors ? voulut savoir Alicia.

Sa coéquipière lui sourit béatement.

— Il vient chez moi dans une heure.

— Eh ben... gare à tes fesses, ma belle ! Ça va chauffer. Tu penseras à moi, pauvre célibataire, qui serai en train de dormir. J'espère que tu me raconteras.

Greta lui répondit par un clin d'œil complice et se leva.

— Bon, j'y vais si je veux être fraîche et dispo quand il arrive.

— Je pars avec toi, dit Alicia en se levant à son tour.

Les deux filles se quittèrent devant la discothèque. Greta rentra chez elle par le bord du lac. Il commençait à pleuviner, il était 3 h 10, il n'y avait pas âme qui vive sur les berges. L'esprit un peu embrumé par les vapeurs d'alcool, la jeune Zurichoise remonta le quai des Alpes jusqu'au passage des Pirates, puis grimpa en direction du château par le jardin de la Duche.

Greta habitait un petit appartement mis à disposition par le club, au centre de la haute ville. Elle traversa la place du Château qui dominait la basse ville et offrait une vue imprenable sur le Léman, passa devant le poste de la police municipale et pressa le pas en direction de la Grand-Rue.

Meet me at your place at 4:00

Sitôt ce dernier message envoyé, Matthias Hodler s'était mis en route. Il n'avait fait aucun bruit, pour ne pas réveiller Sybille et les jumeaux. En passant sur le pont d'Yverdon, essuie-glaces à plein régime, il souriait à pleines dents.

C'était si facile de pirater un compte Facebook et de prendre le contrôle de Messenger. La plupart du temps, les gens n'y voyaient que du feu, *a fortiori* si le hacker s'était préalablement bien renseigné sur sa cible, ses habitudes de vie et ses contacts.

Deuxième jour

15

Quand Jemsen et Flavie entrèrent dans la salle de conférences du BAP, à 8 heures du matin, une dizaine d'enquêteurs avaient déjà pris place autour de la longue table. Garcia les accueillit et leur indiqua deux chaises libres au centre. Flavie s'assit et ouvrit son ordinateur portable.

— Bien, dit le commissaire, je crois que tout le monde est là. Nous pouvons commencer. Qui veut un café ?

Presque tous levèrent la main, la plupart avait passé une nuit blanche. Garcia transmit la commande via un interphone, puis reprit :

— La parole est à l'ICS.

L'ICS était le commissariat « intégrité corporelle et sexuelle » de la police judiciaire, chargé notamment des homicides. En quelque sorte, la crim' neuchâteloise. Les trois inspecteurs résumèrent les auditions du personnel médical, qui n'avaient rien apporté de probant. Pas plus que la perquisition effectuée au domicile des parents du bébé.

— Nous avons séquestré l'ordinateur et le téléphone de la mère, précisa un inspecteur. Ils ont été transmis au service informatique pour analyse, nous devrions avoir les premiers résultats dans l'après-midi.

— Et l'audition de la mère ? demanda Jemsen.

— Toujours impossible pour le moment.

La parole fut ensuite donnée à un second inspecteur, qui actionna le *beamer*.

— Voici les images de la vidéosurveillance de l'hôpital. On y voit un homme en tenue de chirurgien. Nous avons pu déterminer qu'il l'a volée dans un vestiaire du service des urgences, avant de monter à l'étage de la maternité. Avec la charlotte et le masque, il est méconnaissable. Nous disposons néanmoins de deux éléments sur lesquels nous tenterons de travailler : ses chaussures et son sac de sport.

En voyant la silhouette marcher dans le couloir du cinquième plongé dans la pénombre et pénétrer dans la chambre 5014 pour en ressortir quelques secondes plus tard, le procureur eut l'impression de revivre sa propre hospitalisation, deux ans plus tôt, quand il avait reçu une visite nocturne.

— Quant aux images du service des urgences, continua l'inspecteur de l'ICS en diffusant une seconde séquence vidéo, elles ne nous apprennent pas grand-chose de plus. Sauf que l'homme semble avoir des cheveux noirs et drus, et qu'il porte une barbe parfaitement taillée. Mais comme vous pouvez le constater, à aucun moment il ne regarde l'objectif.

— On dirait qu'il sait où se trouvent les caméras, fit remarquer Jemsen.

— C'est possible, confirma Garcia, car jamais on ne voit clairement son visage. Peut-être qu'il a repéré les lieux avant d'agir. Mais c'est impossible à vérifier, car les images de vidéosurveillance sont écrasées après quarante-huit heures.

— Nous voyons bien ses vêtements, reprit l'inspecteur.

— Pas très utile, soupira Jemsen.

— Sauf si nous les retrouvons un jour sur d'autres images de vidéosurveillance, sur des photographies prises dans un autre contexte ou encore à l'occasion d'une perquisition. Mais pour ça, il faudrait d'abord savoir où chercher.

— Et les vidéos du parking de l'hôpital ?

— Rien à signaler. Notre homme a dû arriver à pied ou bien il a garé sa voiture à un autre endroit.

On toqua à la porte de la salle de conférence, une secrétaire entra et déposa un plateau sur la table. Les enquêteurs la remercièrent et distribuèrent les cafés.

— Du côté du service forensique, qu'est-ce qu'on a ? demanda Garcia.

— C'est maigre, répondit un inspecteur scientifique. La grenaille a été envoyée au WD [1] mais il ne faut pas s'attendre à des miracles. La grenaille n'est pas individualisée comme peut l'être une balle après son passage dans un canon strié.

— L'autopsie ?

— Elle est en cours à Lausanne, répondit une inspectrice scientifique. Mais les légistes du CURML qui sont venus sur place cette nuit sont pessimistes. La cause du décès semble claire, mais c'est à peu près la seule hypothèse qu'ils pourront étayer avec suffisamment de vraisemblance dans leur rapport.

— Les traces ?

Un troisième technicien répondit :

— On a de l'ADN et des empreintes digitales sur les poignées de la porte de la chambre, ainsi que des empreintes de semelles sur le sol. Mais ces traces sont multiples et nous devrons dans un premier temps exclure qu'elles appartiennent à la mère, aux visites qu'elle a pu recevoir et au personnel hospitalier. En tout cas, nous n'avons aucun hit avec nos bases de données.

— Bref, nous n'avons rien d'exploitable, conclut Jemsen.

— Pas tout à fait, répondit Garcia. Nous venons d'apprendre ce matin que le père du bébé est en prison à Paris. Il a été arrêté avant-hier alors qu'il participait à une manifestation pour le climat devant l'Assemblée nationale.

Le procureur fronça les sourcils. Il s'apprêtait à faire un parallèle avec l'arrestation de Mélanie Antoine, quand le téléphone de Flavie se mit à vibrer sur la table devant elle. La greffière devint

---

[1] *Wissenschaftlicher Dienst*, service scientifique de la police zurichoise, spécialisé en armes et balistique.

blême en regardant l'écran. Elle ramassa le téléphone, se leva, s'excusa brièvement et quitta précipitamment la salle. Jemsen avait eu le temps de lire le nom. C'était Tanja Stojkaj.

16

Greta Schwarzenbach logeait dans un petit studio sous les toits, place du Marché, dans la vieille ville de Nyon. La pluie clapotait contre le velux et martelait les tuiles, le bruit résonnait dans la pièce.

Assis dans un fauteuil à bascule, fusil à pompe sur les cuisses, Matthias Hodler regardait cet étrange environnement, amusé. Ameublement succinct et bon marché, déco peu féminine. Des vêtements de sport traînaient sur une chaise, des coupes et des médailles prenaient la poussière sur une étagère. Partout aux murs, des posters de basket, équipes locales posant en rang d'oignons, photos prises en plein match, portraits de joueurs de la NBA. Dans un coin, un ballon orange quasi neuf, dédicacé.

Matthias avait rapidement fouillé le studio, plus par curiosité que dans l'espoir d'y trouver quelque chose. Il aimait savoir à qui il avait affaire, connaître un peu mieux sa victime. Hier, gare de Lyon et à la maternité de Neuchâtel, les circonstances ne lui en avaient pas laissé le temps. Mais là, c'était différent.

Le frigo et les placards étaient ceux d'une célibataire, pour qui la nourriture n'était qu'un carburant. Pâtes de toutes sortes, berlingots de sauce tomate premier prix, céréales pour le petit-déjeuner, lait à profusion, grenadine, un ou deux yaourts passés de date. Le frigo était à moitié vide, la vaisselle pas faite depuis deux ou trois jours.

Et c'est dans ce bordel que tu t'apprêtais à recevoir Kenny! pensa Matthias. *Eh bien, tu as dû penser que soit il ne serait pas très exigeant, soit il n'aurait les yeux rivés que sur ton cul...*

Seule la minuscule salle de bains indiquait que le studio était habité par une fille. Non qu'elle débordait de produits de beauté, ce ne devait pas être le fort de l'habitante des lieux, mais la couleur rose des serviettes, du savon liquide et du shampoing, ainsi que la marque et l'odeur de l'unique bouteille de parfum ne laissaient aucun doute à ce sujet. Et pour couronner le tout, une boîte de tampons hygiéniques trônait sur le réservoir des toilettes.

Greta émit un petit gémissement. Matthias se leva sans se séparer de son arme, fit quelques pas et s'assit au bord du lit. La jeune basketteuse était encore dans le cirage, elle était restée inconsciente plusieurs heures.

Matthias l'avait assommée d'un bon coup de crosse quand elle lui avait ouvert la porte sans se méfier. Elle attendait Kenny. Sous l'effet de la surprise, elle n'avait pas eu le temps de se défendre. Son sourire naïf avait laissé place à de la stupeur, le choc violent l'avait immédiatement plongée dans le néant.

Matthias avait traîné son corps sur le plancher et l'avait installé sur le matelas. À l'aide d'une corde, il lui avait attaché les poignets et les chevilles aux quatre coins du lit. Il lui avait ensuite enfoncé un chiffon dans la bouche et l'avait maintenu en place à l'aide de scotch de carrossier.

Matthias regardait le visage de la jeune fille. Il se dit qu'elle aurait pu être belle si elle avait pris un peu plus soin d'elle. Ses cheveux blonds étaient négligemment tirés en arrière et se terminaient par un chignon difforme, probablement une coupe pratique pour le sport. Elle était très peu maquillée, elle avait un corps d'athlète, de longues jambes pas très fines. Elle était plus grande que lui, peut-être un mètre quatre-vingt, voire plus. Pour une basketteuse semi-pro, c'était une petite taille.

Greta entrouvrit les yeux, gémit à nouveau, fit quelques rotations avec sa nuque comme si elle cherchait à échapper à l'emprise de la somnolence. Elle avait mal à la tête. Elle voulut dire quelque chose, mais le bâillon l'en empêcha. Les muscles de ses bras et de ses jambes se raidirent, elle essaya de bouger, mais les liens la maintenaient solidement attachée au lit.

Quand elle vit Matthias, d'abord flou puis plus net, elle se rendit compte de la situation et ouvrit de grands yeux terrifiés.

— Je sais ce que c'est, dit-il calmement, de se réveiller et d'avoir ce genre de surprise. Ce n'est pas très agréable, n'est-ce pas ?

17

Willy, Matthias et Sophie s'étaient envolés comme des oiseaux. Ils avaient déployé leurs ailes d'anges et tournoyaient dans les courants ascendants qui remontaient la falaise du Creux-du-Van. C'était un vent plutôt doux pour la saison. La neige recouvrait les hauts plateaux et le cône d'éboulement au pied du cirque rocheux.

Matthias sentait l'air tiède caresser son corps en suspension. Sa sœur se débrouillait bien, elle aussi, malgré ses ailes plus petites. Leur père les regardait fièrement.

— On vole, papa ! Regarde, on vole !

— Oui, sourit Willy. Vous volez. Comme moi. Et comme grand-père Francis avant nous. C'est le sang des Hodler, mes enfants.

— Et maman ? demanda Sophie. Est-ce qu'elle sait voler, elle aussi ?

Son père changea soudain d'expression, il afficha un regard méchant, des yeux noirs comme deux billes de jais.

— Non ! hurla-t-il. Comment oses-tu, petite insolente ?!

Il fondit sur elle et, sous l'effet de la colère, lui arracha ses ailes. Sophie resta pétrifiée, aucun son ne sortit de sa bouche. Et son corps tomba en chute libre dans le coucher du soleil. Une interminable chute dans le ciel mauve, comme Icare quand il s'était approché trop près du soleil. Un aigle royal cessa son vol plané pour éviter la petite fille en perdition et s'éloigna en poussant des cris stridents. Le corps de Sophie atteignit le sommet des falaises, passa tout près d'un groupe de bouquetins en train de paître sur un escarpement, et poursuivit sa chute vers le pierrier, au pied de la paroi rocheuse.

Matthias resta tétanisé. Pourtant, ses ailes continuaient de battre l'air sans qu'il les contrôle réellement. Il volait à la verticale du point où le corps de sa sœur s'était écrasé. Il sentit un poids opprimer sa poitrine, des larmes lui monter aux yeux. Comment son père avait-il pu ?

Il leva les yeux vers Willy, qui s'était transformé en un ange noir aux yeux de feu. Il riait d'un rire sardonique. Matthias pleurait. Il voulut dire quelque chose, mais ses lèvres étaient scellées par une force invisible.

Matthias se réveilla en sursaut, il était en nage. Toujours le même cauchemar. Sauf que cette fois, la fin était différente.

Il voulut se redresser dans son lit, mais des mains puissantes le maintinrent contre le matelas. Il ouvrit les yeux, la lumière était allumée, les autres garçons du dortoir étaient autour de lui et rigolaient. Il voulut protester, mais ses lèvres ne s'ouvrirent pas. Les plus grands lui avaient collé de l'adhésif sur la bouche.

— Alors, les gars, dit l'un d'eux. Qu'est-ce qu'on lui fait, à cette petite pédale ?

— On pourrait lui dessiner une bite sur le front avec du dentifrice, suggéra un autre.

Rires gras.

— Trop gentil, répondit le premier. On pourrait lui raser le crâne et les couilles.

— Je doute qu'il ait déjà des poils à son âge, s'esclaffa un autre.

— Il se les rase peut-être lui-même.

Le plus âgé regarda Matthias dans les yeux.

— C'est ça, hein, petite pédale ? Tu te rases les burnes ? On peut voir ?

Il saisit le bas du pyjama et tenta de le lui enlever. Les jambes libérées, Matthias se débattit, se replia sur lui-même et envoya un violent coup de pied dans le ventre de son agresseur, qui recula de quelques pas, le souffle coupé. Les autres redoublèrent de pression pour coller Matthias contre son matelas, l'un d'eux lui donna un violent coup de poing dans la mâchoire. Un goût de sang envahit sa bouche.

— Qu'est-ce qui se passe, ici ? intervint soudain une voix grave.

L'auteur du coup de poing retira précipitamment l'adhésif de la bouche de Matthias et le chiffonna dans sa main. Tous se retournèrent. Sur le pas de la porte du dortoir, le père Bertrand les regardait. Il attendait une réponse. Il s'approcha d'eux dans sa robe d'ecclésiastique et remarqua que Matthias saignait de la bouche.

— Il est tombé du lit, dit le plus âgé, et il s'est cogné la tête à la table de chevet. Ça nous a réveillés.

Le chanoine afficha une moue dubitative.

— C'est vrai, ce qu'il raconte ? demanda-t-il à Matthias.

L'enfant hocha timidement la tête.

— Viens avec moi, reprit le père Bertrand, peu convaincu par cette explication. On va soigner cette vilaine blessure.

Matthias le suivit dans les sombres couloirs de l'abbaye de Saint-Maurice. Ça faisait trois ans qu'il était placé dans cette institution catholique par décision de l'autorité tutélaire, trois ans que la justice civile l'avait retiré à sa mère, jugée inapte à le garder en raison de son alcoolisme et de son état psychique instable. Trois ans qu'il était le souffre-douleur des plus grands. On était en 1980, Matthias allait fêter ses dix ans.

18

La greffière s'éloigna de la salle de conférence et trouva un endroit discret dans les couloirs du BAP. Elle décrocha: «Salut, murmura-t-elle. Qu'est-ce qu'il y a?»

Depuis sa fuite, Tanja ne l'avait jamais appelée à intervalles si rapprochés.

— Je te dérange?

— Non, mais fais vite. Je suis en séance avec le proc' et la police. Une affaire de meurtre de bébé. Affreux. Je te raconterai.

— Tu peux me rendre un service?

Flavie hésita.

— Ça dépend, dis toujours.

— Tu pourrais te renseigner sur un couple suisse? Tout ce que tu peux trouver: adresse, données de la police des habitants, antécédents éventuels, etc.

— Tu m'expliques?

— Pas maintenant. Plus tard, promis.

La greffière ne répondit pas tout de suite. Après quelques minutes de silence, Tanja la relança:

— Alors, tu peux le faire ou non?

— Oui, soupira Flavie. Leurs noms?

— Daniel et Solange Bernheim.

— Tu as leurs dates de naissance?

— Non.

— Ok. Je te redonne des nouvelles dès que possible. Mais ce ne sera pas dans l'heure.

— T'inquiète. Merci, ma belle, je te revaudrai ça. Bonne soirée, je t'embrasse.

Tanja raccrocha la première. Toujours pas de «je t'aime» en guise de conclusion, mais Flavie s'était fait une raison. Cette fois, les mots étranges qui résonnaient dans son esprit étaient autres: «Bonne soirée». On était le matin.

Putain, Tanja, où es-tu?

Quand la greffière regagna la salle de conférence, elle sentit aussitôt une ambiance pesante. Les policiers regardaient bizarrement le procureur sans comprendre. Jemsen était au téléphone et semblait énervé, ce qui ne lui ressemblait pas. Il parlait sèchement à son interlocuteur.

— Écoutez, monsieur, je n'ai pas à répondre à cette question. C'est d'ordre purement privé.

— [...]

— Eh bien si vous estimez que ce n'est pas le cas, je ne peux rien faire pour vous.

— [...]

— C'est ça, faites votre travail! Je vous souhaite une belle journée.

Et il raccrocha. Dans la salle, tous restèrent suspendus à ses lèvres. Après quelques secondes de malaise, il annonça gravement:

— C'était Santi Bourquin, d'ArcInfo.

— Il voulait des infos avant ses confrères? demanda Garcia. Il n'a qu'à attendre la conférence de presse de ce matin, comme les autres.

Jemsen parut gêné.

— Ce n'est pas tout à fait ça. Il voulait savoir pourquoi j'ai ordonné la libération de Mélanie Antoine.

— Où est le problème?

Le procureur baissa les yeux.

— Je crois que j'ai déconné. Bourquin sait que j'ai une relation avec elle.

— Une relation ? s'étonna Garcia qui craignait déjà le pire. Quel genre de relation ?

— Intime, admit Jemsen.

Un lourd silence plana dans la salle. Flavie vint au secours de « son » procureur.

— Qui le lui a dit ?

— Le procureur Kornisch. Apparemment, Mélanie Antoine aurait lâché un mot pendant sa garde à vue, un gendarme a dû comprendre la situation et s'est plaint de ma décision auprès de mon collègue.

Garcia mesura la situation. Après une longue réflexion, il se leva et annonça :

— Bien, mesdames et messieurs, la séance est terminée. Retournez à votre travail. Et je compte sur vous, pas un mot sur ce qui vient de se passer. Georges, tu peux rester un instant ?

Le porte-parole de la police acquiesça. Tous se levèrent et quittèrent la salle sans dire un mot.

Quand ils se retrouvèrent à quatre, Garcia demanda à Jemsen :

— Bourquin va venir à la conférence de 11h ?

— Oui.

— Merde. OK, c'est logique. Il va forcément poser des questions sur cette affaire. Il ne faut pas que vous y participiez. Georges, tu peux gérer seul les journalistes ?

— Bien sûr, répondit le porte-parole. C'est mon job. Mais toi, tu ne seras pas présent ?

— Non. Je pars pour Paris. Et j'emmène le procureur avec moi, s'il le veut bien. Nous prenons le TGV de 12h06.

— Pourquoi ? s'étonna Jemsen, pris de court.

— Parce que ça vous éloignera temporairement de ce merdier, le temps que le soufflé retombe.

— Qu'allons-nous faire à Paris ?

— Entendre le père du bébé.

Garcia se tourna vers Flavie et reprit :

— Combien de temps pour établir une commission rogatoire internationale et l'envoyer aux Parisiens ?

La greffière bégaya, tout cela allait un peu trop vite à son goût.

— Je… je ne sais pas… une petite demi-heure, je suppose.

— Parfait. Faites-le sur-le-champ.

Flavie était surprise. Elle avait l'habitude d'obéir aux ordres de « son » procureur, pas à ceux d'un commissaire. Même si depuis l'attentat, c'était plutôt elle qui gérait les dossiers en coulisse. Elle se tourna vers Jemsen qui lui fit comprendre d'un signe de tête que Garcia avait raison.

— Bien, dit-elle en prenant place devant son ordinateur et en ouvrant un document dans le système informatique JURIS. Autre chose à part l'audition du père ?

— Oui, répondit l'OPJ. Demandez aussi aux Parisiens que l'on puisse avoir accès au dossier d'un infanticide. Je ne sais pas si vous avez suivi les informations françaises ces dernières heures, mais une petite Greta a été assassinée hier matin à la gare de Lyon.

19

Le regard de Matthias était doux, celui de Greta terrifié. Il montra à la jeune basketteuse son téléphone et lui dit :

— J'ai besoin de ton code PIN. Je vais enlever ton bâillon, mais surtout pas un cri.

Pour se faire comprendre, il souleva le fusil à pompe devant ses yeux.

— Tu as compris ?

Elle hocha nerveusement la tête. Il reposa l'arme et le téléphone, puis décolla l'adhésif qui recouvrait ses lèvres et retira le chiffon qui obstruait sa bouche.

— Alors ?

— 0198.

Il déverrouilla l'appareil et ouvrit l'application Messenger.

— Où est Kenny ? demanda Greta d'une petite voix.

— Il n'y a pas de Kenny. Kenny, c'est moi.

— C'est vous qui m'avez écrit ces messages ?

— Quels messages ? sourit Matthias en effaçant les traces de son piratage.

Elle comprit.

— Qu'est-ce que vous me voulez ?

Il afficha une moue presque compatissante et soupira.

— On aurait pu s'entendre, toi et moi. Ce que j'ai particulièrement apprécié dans ton studio, c'est cette tranche de viande qui rassit dans le frigo. Date de péremption dépassée, triple emballage, un premier plastique souple emballé dans un second en dur, le tout entouré d'une superbe boîte en carton. Le contenant et son contenu bientôt voués à la poubelle, zéro tri des déchets. Une vraie preuve de résistance de ta part aux tendances actuelles, complètement folles, de vouloir sauver le monde. Quelle arrogance d'humain ! Oser imaginer que la planète n'est pas suffisamment puissante pour se défendre elle-même de ce genre de petites agressions. C'est un peu comme plaindre le cheval piqué par un moustique. Aberrant, n'est-ce pas ?

Greta resta muette, elle ne comprenait rien au monologue de cet homme. Il devait être fou, elle pensa qu'il s'était évadé d'un asile.

— Mais ce que je n'aime pas chez toi, reprit-il, c'est ton accent. Cet accent est responsable de la mort de mon grand-père et de la folie de mon père. Oh, ce n'est pas ce qui m'a fait te choisir, je te rassure. Ce serait plutôt la cerise sur le gâteau. Non, ce qui m'est insupportable chez toi, c'est avant tout ton prénom.

— Qu'est-ce que vous allez me faire ? balbutia-t-elle en se mettant à trembler.

Matthias la regarda étrangement, parcourut son corps des yeux. Puis il s'énerva soudain, son regard devint noir et il haussa la voix.

— Mais c'est incroyable, ça ! Tu étais prête à te faire sauter par le premier venu et là, tu imagines que je pourrais te violer ? C'est ça ? Toi aussi, tu n'es qu'une petite pimbêche arrogante. Comment peux-tu croire une seule seconde que j'aie envie de toi ? C'est fou, ça ! Dès qu'une femme se retrouve dans ce genre de situation, elle pense à son cul plutôt qu'à sa vie. Mais rassure-toi, ma belle ! Ta petite chatte va rester intacte.

« Assieds-toi ici », dit le père Bertrand à Matthias en désignant un grand fauteuil inconfortable avec des accoudoirs en bois.

L'enfant suivit les directives de l'ecclésiastique et attendit. Le bureau était plongé dans la pénombre, il y avait de nombreux livres anciens, des icônes religieuses et aussi un petit meuble vitré avec des couteaux et un fusil de chasse. Il se disait dans l'institution que le père Bertrand s'adonnait à ce passe-temps durant l'automne, avec des amis à lui. Le chanoine revint quelques secondes plus tard avec une trousse à pharmacie. Il en sortit des cotons et du désinfectant.

— Quel âge as-tu ? demanda le père Bertrand en nettoyant le sang qui coulait de la lèvre fendue.

— Bientôt dix ans, répondit Matthias.

— Bien, c'est un âge important. Un âge où il est temps de découvrir certaines choses de la vie. Tu es un grand garçon, maintenant.

L'ecclésiastique regarda la plaie, elle était bénigne. Il imbiba un coton d'un peu de Merfen et tamponna la blessure. Matthias grimaça.

— Ce n'est rien, dit le chanoine rassurant. Dans une minute, tu ne sentiras plus rien. Et tes dents ?

— Je n'ai pas mal aux dents.

— Je préfère vérifier que tu n'en aies pas une de cassée. Ouvre la bouche.

L'enfant obtempéra. Le père Bertrand prit une petite lampe de poche et ausculta la cavité buccale.

— Ça a l'air en ordre, dit-il en caressant les cheveux du garçon. Tu as mal ailleurs ?

— Non.

L'ecclésiastique hésita un bref instant, puis reprit d'un ton étrange :

— Dis-moi, Matthias, est-ce que tu as déjà des érections ?

L'enfant ne comprit pas le terme, le prêtre le lui expliqua.

— Non.

— Quand ça t'arrivera, tu découvriras que ça peut être douloureux. Mais ça peut se soigner de manière très agréable. Je vais te montrer.

Le père Bertrand souleva sa robe, Matthias remarqua qu'il ne portait pas de culotte. Son sexe était gonflé et dirigé vers le haut.

— Ouvre la bouche, lui dit le chanoine.

— Mais je viens de le faire, s'étonna le garçon.

— Ouvre-la, s'il te plaît. Et ferme les yeux.

20

Le train pour Paris quitta Neuchâtel à l'heure. On était en Suisse, pays de l'horlogerie et de la haute précision, le numéro du quai était toujours le même, annoncé à l'année, comme en Allemagne ou en Italie. Les voyageurs ne découvraient pas l'emplacement de leur train au dernier moment, vingt minutes avant le départ, et les voitures étaient rangées par ordre croissant, pas à l'envers. Bref, on n'était pas en France. Restait à y aller, en France ! Le TGV avait été supprimé entre Neuchâtel et Frasne : la Suisse avait perdu sa bataille contre la société Lyria (dont les CFF étaient pourtant l'actionnaire) qui estimait que la ligne Berne-Paris n'était pas rentable. En venant de Neuchâtel, il fallait donc d'abord aller jusqu'à Frasne, via Travers et Pontarlier, grâce au TER qui permettait la liaison avec le TGV Lausanne-Paris. Une expédition.

Le procureur Jemsen et le commissaire Garcia avaient pris place l'un face à l'autre dans le RegioExpress direction Val-de-Travers. Dehors, il faisait un gris noir et lourd que délavaient des trombes de pluie.

Le procureur n'avait aucun bagage.

— Nous ne serons absents que deux jours, s'excusa Garcia.

— Je sais. Mais je vous rappelle que lorsque je suis parti ce matin, je pensais rentrer chez moi le soir. Je me retrouve sans slip ni chaussettes de rechange. Je n'ai même pas de brosse à dents.

L'OPJ lui sourit.

— Vous achèterez tout ça sur place. Et même un costume neuf si ça vous chante. Avec votre salaire de proc' célibataire et sans enfant, ça ne devrait pas être un problème pour vous.

— Dois-je y voir un trait d'ironie par rapport à Mélanie Antoine?

— Pas du tout. Je n'ai pas à me mêler de votre vie privée. Mais admettez que vous avez fait une sacrée erreur en la libérant.

— Je n'ai pas réfléchi. Notre liaison était secrète.

— Rien ne peut rester secret bien longtemps, dans une petite ville comme Neuchâtel. Encore moins dans votre position.

Comme pour appuyer les dires de Garcia, le téléphone de Jemsen se mit à vibrer. Le procureur regarda l'écran. Un numéro 044, Zurich. Il refusa l'appel.

— Encore un journaliste? demanda le commissaire.

— Après le *Matin Dimanche*, j'ai maintenant droit au *Blick*.

— Eh bien, siffla l'OPJ en simulant une fausse admiration, vous allez devenir célèbre au-delà des frontières romandes. Mais vous savez que vous pouvez compter sur moi et sur votre greffière pour vous aider à surmonter ce *bad buzz*.

Jemsen le remercia d'un signe de tête et regarda par la fenêtre du compartiment. Ils avaient franchi la frontière aux Verrières et arrivaient en vue du château de Joux. Des douaniers français passèrent dans le couloir, leur demandèrent leurs cartes d'identité et leur posèrent les questions d'usage. Quand ils s'éloignèrent, Garcia reprit:

— Cela dit, à titre personnel, je ne blâme pas la professeure Antoine. La BCCG est une banque sans scrupule, un vrai panier de crabes qui ne vise que le profit au détriment de toute idéologie climatique.

— Parce que vous connaissez des banquiers scrupuleux? plaisanta le procureur.

— Il y en a. Mais pas ceux-ci. Depuis la disparition de Louis de Bosset, la banque est passée en mains américaines.

— Qui était ce Louis de Bosset?

— Le PDG fondateur, le père de mon ancien collègue Mike Donner. Ils sont morts tous les deux.

— Dans quelles circonstances?

— Il y a quelques années, on a retrouvé Louis de Bosset sans vie, chez lui, dans sa demeure des hauts de Neuchâtel. On n'a jamais découvert le fin mot de l'histoire, mais il a été étouffé par un des serpents dont il faisait l'élevage. Ça demeurera probablement à jamais un mystère.

— Et l'inspecteur Donner?

Ce fut au tour de Garcia de regarder tristement la grisaille du décor qui défilait en direction de Pontarlier.

— Je préfère ne pas en parler. Pas pour le moment. Je le ferai peut-être un jour, mais il y a des douleurs qui s'effacent difficilement. Mike était un jeune enquêteur remarquable, mais aussi un électron libre. Il n'hésitait pas à franchir certaines limites pour parvenir à ses fins. En cela, il avait beaucoup de points communs avec Tanja Stojkaj. Vous avez des nouvelles d'elle?

— Non, mentit partiellement Jemsen. Pas depuis qu'elle s'est enfuie du tribunal.

Il pensa à Flavie. Il savait qu'il pouvait compter sur la fidélité de sa greffière et ne se voyait pas trahir sa confiance en parlant de ses contacts avec Tanja. Même si une petite voix lui murmurait que Garcia était de leur côté.

— Vous savez, reprit l'OPJ, je me fais du souci pour Tanja. Hier, j'ai eu un appel de l'inspecteur Pascal Kneuss, de la police cantonale vaudoise. Ils ont découvert de nouveaux éléments dans l'enquête sur les assassinats de la mère et du fils de Tanja. Je me demande...

Le commissaire suspendit sa phrase.

— Vous vous demandez quoi? insista Jemsen.

— Rien, conclut Garcia comme s'il s'était soudain rendu compte qu'il en avait trop dit. Veuillez m'excuser, je vous en parlerai quand les choses seront plus claires.

21

À l'abbaye de Saint-Maurice, les mois s'étaient écoulés. Matthias avait fêté ses dix ans. Une fois tous les quinze jours, sa mère venait le voir. Des visites de vingt minutes dans une sorte de parloir, sous la surveillance des chanoines. Des échanges stériles avec une femme épuisée, que le garçon reconnaissait de moins en moins parce qu'elle buvait de plus en plus.

À la fin de l'été, l'institution catholique avait accueilli des petits nouveaux. L'un d'entre eux était devenu le souffre-douleur des plus grands à la place de Matthias. Comme les autres, il avait appris à fermer les yeux et à se taire. On ne parlait ni des brimades, ni des passages dans le bureau du père Bertrand.

De temps à autre, l'ecclésiastique convoquait Matthias pour une « discussion » privée. Chaque fois qu'il ressortait du bureau, l'enfant se précipitait aux toilettes pour vomir et se laver la bouche avec du savon.

Une nuit, le petit nouveau regagna son lit en sanglotant. Dans le dortoir, tous les autres dormaient. Sauf Matthias, qui se releva et s'approcha du lit de son voisin.

— Ça va, Jeremy ? murmura-t-il.

— J'ai mal.

— Où ça ?

Honteux, Jeremy lui montra son derrière et lui expliqua. Matthias frémit. Le père Bertrand lui avait toujours demandé d'ouvrir la bouche, jamais de se dénuder et d'écarter les fesses.

Un soir d'automne, Matthias se retrouva une nouvelle fois dans le bureau du père Bertrand. Le prêtre lui montra fièrement son fusil de chasse, posé dans un coin de la pièce, il venait de tuer un bouquetin au-dessus de Vérossaz, aux confins du massif du Chablais. *Une belle bête*, précisa le chanoine. Il ouvrit la bascule de l'arme et sortit la cartouche

— Avec ça, l'animal n'a aucune chance.

Matthias ne répondit rien. L'ecclésiastique remit la cartouche en place et posa le fusil sur son bureau, puis il dit à l'enfant de s'approcher de lui. Matthias devinait déjà la bosse que formait son sexe sous sa robe.

— Déshabille-toi, lui ordonna-t-il.

Matthias comprit qu'après Jeremy, et probablement d'autres avant eux, ce serait son tour.

— Je n'en ai pas trop envie, osa-t-il.

Le père Bertrand fut surpris, mais il dit sans s'énerver :

— Depuis quand ne m'obéis-tu pas ?

L'enfant hésita, puis finit par bégayer :

— Je... j'ai des érections, moi aussi.

— Ah ouais ? répondit le chanoine avec une pointe de curiosité malsaine dans la voix. Et tu veux bien me faire voir ça ?

Matthias mima la gêne.

— D'accord, mais à condition que vous vous assoyez dans le fauteuil et que vous fermiez les yeux.

Des étincelles s'allumèrent dans les yeux du père Bertrand.

— Ah ah, tu es joueur, toi aussi ? Petit coquin.

Matthias lui sourit et fit mine de déboutonner son pantalon. L'ecclésiastique prit place dans le fauteuil, l'enfant lui faisait face, debout.

— Fermez les yeux, lui rappela le garçon.

Le chanoine lui sourit et lui obéit.

— Vous ne les ouvrez pas, hein ? insista Matthias. Sinon, le jeu s'arrête.

— D'accord.

Le père Bertrand attendit quelques secondes, puis il entendit l'enfant lui dire :

— Ouvrez la bouche.

Il l'ouvrit, sentit quelque chose pénétrer entre ses dents. C'était dur et froid. D'instinct, il rouvrit les yeux et vit le garçon face à lui. Matthias était encore habillé, il tenait le fusil de chasse, doigt sur la détente, canon enfoncé dans la bouche de l'ecclésiastique. Dans les yeux de Matthias, le père Bertrand vit la mort.

— Avec ça, dit l'enfant, l'animal n'a aucune chance.

Matthias Hodler braquait le fusil à pompe sur le visage de Greta Schwarzenbach. Ses yeux étaient ceux d'un fou.

— Sale petite pute ! Comment oses-tu penser une seule seconde que je suis là pour te violer ? Tu es comme tous ces gens qui croient que parce j'ai été abusé dans mon enfance, je vais automatiquement reproduire ce genre d'actes. Mais tu n'as rien compris ! De toute façon, que tu comprennes ou non n'a aucune importance.

La jeune basketteuse était tétanisée. Elle fixait l'arme et tremblait de tout son corps. Elle essaya de dire quelque chose pour sa défense, mais Matthias retira l'oreiller qu'elle avait sous la nuque et le plaqua sur son visage. Elle voulut crier, mais le coussin étouffait le son de sa voix. Elle chercha à se débattre, les liens l'en empêchaient. Matthias colla la bouche du canon contre l'oreiller et appuya sur la détente. Le bruit de la détonation fut légèrement absorbé par le coussin, de la poudre et des plumes maculées de sang volèrent dans la pièce.

22

Le TGV de Lausanne arriva gare de Lyon à 16 h 05. Sur les quais, Jemsen et Garcia sentirent tout de suite une tension accrue. Agents de sécurité de la SNCF, policiers en uniforme et militaires armés de mitraillettes patrouillaient un peu partout.

La foule les ignorait. Le hall principal grouillait de monde, les voyageurs s'entassaient devant les panneaux d'affichage des départs, d'autres faisaient la queue devant le kiosque du Starbuck's. La terrasse du Montreux Jazz Café était bondée, mais le grand escalier à double révolution grimpant de chaque côté vers l'entrée du Train Bleu était barré de rubalises. Un policier montait la garde au pied de chaque rampe. Au premier étage, le restaurant gastronomique était fermé.

Jemsen et Garcia sortirent de la gare, place Louis-Armand. La tour de l'Horloge dominait les lieux, conçue, comme le Train Bleu, pour l'exposition universelle de 1900. Le procureur et le commissaire contournèrent la gare et retrouvèrent rue de Bercy l'enquêteur de la brigade criminelle qui les attendait dans une voiture banalisée.

— Salut, je m'appelle Olivier Maréchal.

— Daniel Garcia, se présenta le commissaire. Et voici le procureur Norbert Jemsen.

— Monsieur le procureur, dit-il obséquieusement. On se met en route ?

Jemsen monta à l'avant, Garcia à l'arrière. Maréchal regarda sa montre.

— À cette heure, mieux vaut éviter le périph'.

Il enclencha la sirène. De petits gyrophares illuminèrent les pare-brise avant et arrière, ainsi que les pare-chocs de la Peugeot 508 noire, qui s'engouffra boulevard Diderot.

— Première fois à Paris ? demanda Maréchal.

— Non, répondit Jemsen un peu crispé.

— Non plus, sourit Garcia dans le rétroviseur. Mais je me réjouis de découvrir votre nouveau 36.

— Vous verrez, on a gagné en place mais on a perdu en charme.

Sur le pont d'Austerlitz, les voitures s'écartaient pour les laisser passer. Maréchal zigzaguait d'une file à l'autre sur les bords de Seine. Ils longèrent l'île de la Cité, Jemsen eut un pincement au cœur en apercevant les échafaudages qui enveloppaient les tours de Notre-Dame. Ils passèrent à hauteur de l'ancien siège de la brigade criminelle, le fameux 36 quai des Orfèvres, puis traversèrent le pont de la Concorde.

— Vous avez de la chance, dit Maréchal à Jemsen en filant en direction de la Madeleine. Rarement une demande d'entraide est si rapidement passée du parquet à la police. Pourquoi voulez-vous entendre Robin Mizel ?

— Sa fille vient d'être assassinée.

— Merde... et vous le soupçonnez ?

— Il était détenu ici au moment des faits. Ça s'est passé hier soir à Neuchâtel.

— Ah, ça c'est sûr. Il n'a pas quitté sa cellule depuis la manif'. Ça va lui faire un choc.

— Pourquoi est-ce que la crim' se charge de son cas ? demanda Garcia.

— Suspicion de terrorisme.

— Terrorisme ? J'ai cru qu'il participait à une manif' pacifique pour le climat.

— Aucune manif' n'est totalement pacifique en France. Il y a toujours des extrémistes qui profitent d'une cause qui n'est pas la leur pour jouer les trouble-fête. Rappelez-vous les gilets jaunes, c'était assez systématique.

— Pourtant, chez nous, Mizel est connu pour ses convictions climatiques.

— Il n'a jamais été condamné ?

— Quelques petites amendes insignifiantes, rien de plus.

— Eh bien, on dirait qu'il est passé à la vitesse supérieure. Quand on l'a arrêté, il avait sur lui des cartouches de chevrotine, un jeu de fils électriques et un détonateur artisanal.

Jemsen se tourna vers Garcia. Le commissaire lui fit comprendre d'un haussement de sourcils qu'il n'en savait pas plus que lui.

23

Mélanie Antoine acheva son cours de politique environnementale sur ces simples mots : « L'urgence climatique n'est plus à débattre. La question n'est pas de savoir si, mais quand les politiciens de la planète doivent agir. Et la seule réponse qui s'impose est : tout de suite ! Je vous remercie de votre écoute et vous donne rendez-vous dans une semaine à la même heure. »

Les derniers étudiants quittèrent la salle. La professeure rangea ses affaires et attendit que le *beamer* s'éteigne. Elle en profita pour envoyer un texto à Jemsen : *On se voit ce soir ?* Elle avait aussi reçu un mail du secrétariat de la faculté, le recteur la convoquait dans son bureau le lendemain matin. Le motif était évident, l'image de l'université. Pourtant, les étudiants l'avaient applaudie, quand elle était entrée dans cette salle deux heures plus tôt.

Le fossé des générations, pensa-t-elle.

Une silhouette apparut dans l'encadrement de la porte. Mélanie sursauta.

— Navré, s'excusa Matthias Hodler. Je ne voulais pas vous faire peur.

C'était trop tard. Le fait que cet homme l'ait surprise n'était pas la cause de sa peur. La cause de sa peur était cet homme, tout simplement. Depuis quelques mois, il suivait ses cours en silence, sans poser de questions devant les autres, toujours assis au dernier rang à prendre des notes. Mais dès que les autres étudiants étaient partis, il s'arrangeait toujours pour se retrouver seul avec elle et provoquait le débat. Cet homme, plus âgé que la plupart de ses étudiants, dégageait quelque chose de malsain, mais qu'elle n'arrivait pas à cerner.

— Ce n'est pas grave, Matthias. Hélas, ce soir, je n'ai pas trop de temps à vous consacrer. Avez-vous une question ?

Il lui sourit.

— J'en aurais beaucoup.

— Vous n'avez droit qu'à une seule. Pour les autres, il faudra patienter.

— Croyez-vous réellement à votre idéologie ou faites-vous ça pour la gloire ?

Elle le regarda, interloquée.

— Pour la gloire ? Je ne suis pas sûre de comprendre.

— Sincèrement, que pensez-vous de Greta Thunberg ?

— Ça fait deux questions.

— Elles sont liées. Répondez-y.

— Je l'admire.

— L'admirez-vous elle ou bien ses parents qui ont trouvé le moyen d'en faire une bête de foire ?

— C'est ridicule.

— Ça n'a rien de ridicule, au contraire. Sans ses parents pour la soutenir, elle ne serait pas là où elle est. Elle n'est que le reflet d'un rêve déçu de ses parents : la notoriété. Pas différente de l'enfant prodige poussé par ses parents à faire du tennis en grand chelem, parce qu'eux-mêmes n'y sont pas parvenus.

— C'est votre vision des choses, Matthias. Certainement pas la réalité. Greta Thunberg symbolise bien plus que vous ne pouvez l'imaginer dans l'esprit des jeunes.

— Voilà le problème ! s'exclama Hodler d'un air vainqueur. Les jeunes ! Ne voyez-vous pas ce qui se passe autour de vous ? Qui organise les manifestations pour le climat ? Les jeunes ! Des jeunes le plus souvent désargentés et à l'aide sociale, qui croient trouver dans cette cause une raison à leur malheureuse existence.

Des jeunes en marge de la société, qui s'imaginent qu'ils finiront dans les livres d'histoire, cités comme icônes d'une rébellion contre l'autorité maléfique. Ils se voient comme des révolutionnaires des temps modernes, luttant contre le côté obscur du pouvoir, pour la décroissance et contre la pollution, sans se rendre compte que depuis tout petits, ils consomment et polluent bien plus que leurs parents et leurs ancêtres avant eux. Connaissez-vous un seul de ces jeunes qui n'ait pas de téléphone portable, qui ne soit pas sur les réseaux sociaux, qui n'utilise pas toutes ces technologies bien plus polluantes que les jeux que nous avions, vous et moi, à leur âge ? Et je ne vous parle pas de l'avion. Ces jeunes n'ont, pour la plupart, pas les moyens de se payer des vols en avion. Sauf Greta Thunberg, pour aller défendre sa cause à travers la planète, au prix de combien de litres de kérosène et de CO_2 rejeté dans l'atmosphère.

— Votre raisonnement est un peu simpliste, se défendit Mélanie. De nombreux étudiants issus de familles aisées soutiennent aussi cette cause. Et je doute qu'ils soient en mal de notoriété. Les jeunes ont simplement pris conscience de l'urgence climatique et se rendent compte de l'immobilisme de notre société ancrée dans ses habitudes de consommation outrancière et dans son petit confort égoïste.

Matthias sourit. C'était un dialogue de sourd. Cette professeure était aussi aveugle que ses étudiants gauchistes en mal de reconnaissance.

— Je finirai par vous ouvrir les yeux sur les vraies motivations de ces révolutionnaires de pacotille, madame Antoine. Mais pas aujourd'hui. Je reviendrai vous voir, quand vous aurez un peu plus de temps à m'accorder. Je vous souhaite une belle soirée.

Et il s'en alla, sans lui laisser le temps de réagir. Mélanie resta sans voix quelques minutes. Elle entendit le bruit de ses pas d'éloigner dans les couloirs de l'université, tandis que la pluie clapotait contre les velux de la salle de cours. La luminosité décroissait rapidement, elle ressentit le besoin de quitter ces lieux au plus vite. L'idée de croiser Matthias Hodler au coin d'une sombre ruelle la terrorisait. Elle n'avait qu'une envie, courir se réfugier dans les bras de Norbert Jemsen et se confier à lui au sujet de cet homme étrange. Elle consulta son téléphone. Son amant avait répondu à son texto.

Navré, pas ce soir. J'ai dû partir précipitamment pour Paris. Je t'expliquerai à mon retour. Je t'embrasse.

24

La 508 contourna le nouveau tribunal judiciaire de Paris, porte de Clichy. Jemsen comprit, en voyant le bâtiment ultramoderne, ce qu'avait voulu dire l'architecte italien Renzo Piano par « détruire les symboles des anciens palais ». La tour de cent-soixante mètres, avec ses trois niveaux décalés et ses parois réfléchissant le ciel, dominait le quartier des Batignolles, dans le XVIIe. Elle n'avait assurément plus la prestance du palais de Justice de l'île de la Cité. Comme dans bien des villes d'Europe, le pouvoir judiciaire était relégué dans des structures bureaucratiques qui contribuaient à ternir son aura. Jemsen doutait que cette nouvelle image puisse « apaiser les justiciables », selon les termes du concepteur du projet.

Maréchal entra dans un parking souterrain 36, rue du Bastion. Le nouveau siège de la brigade criminelle de Paris était à deux pas du tribunal. L'édifice de la DRPJ était dans la ligne de ce dernier, ultra-sécurisé, façade bétonnée au rez-de-chaussée pour prévenir toute attaque kamikaze, vitrage à l'épreuve des balles, maillage de caméras de vidéosurveillance et hommes en faction aux abords du bâtiment. On avait conservé le mythique numéro 36, en souvenir du quai des Orfèvres, bien qu'il ne corresponde en rien à la numérotation de la rue.

Jemsen et Garcia suivirent Maréchal dans un dédale de couloirs froids, jusqu'aux locaux de la crim'. L'enquêteur les installa dans son bureau et leur offrit un café.

— Je vais demander que Robin Mizel soit extrait de sa cellule. Ensuite, nous nous installerons dans une salle d'audition. La procédure voudrait que ce soit moi qui pose les questions, mais je vous laisserai mener l'interrogatoire et je me contenterai de tenir le procès-verbal. Je vous demande un peu de patience, vous savez ce que c'est, les formalités administratives.

Certainement plus lourdes ici qu'en Suisse, pensa Jemsen.

— Peut-être pourrions-nous patienter en lisant le dossier de l'assassinat de la gare de Lyon ? suggéra Garcia.

— Nous sommes à la section antiterroriste, dit Maréchal. Ce sont d'autres collègues qui sont en charge de cet homicide. Mais je vais les prévenir de votre arrivée.

Et il disparut dans le couloir.

— Êtes-vous déjà venu à Paris dans votre ancienne vie ? demanda Garcia à Jemsen.

Le procureur fut surpris par la question, son ancienne vie était un sujet dont ils évitaient de parler depuis l'attentat de la place des Halles.

— La dernière fois que je suis venu, c'était il y a bien longtemps, un stage organisé par le CICR avant mes missions à l'étranger. On va dire que j'ai connu Paris avec un œil plus... touristique. Je dois reconnaître que je suis assez content d'œuvrer dans une petite ville comme Neuchâtel. Ici, la police et la justice ne doivent plus savoir où donner de la tête.

— Pourtant, vous n'avez pas chômé depuis que vous avez repris du service. Me parlerez-vous un jour de votre vie d'avant ?

— Quand vous accepterez de me parler de l'inspecteur Mike Donner, sourit Jemsen. Pour changer de sujet, pensez-vous que l'assassin de la gare de Lyon puisse être le même que celui de l'hôpital Pourtalès ?

Le commissaire haussa les épaules.

— Attendons de voir ce que les Parisiens ont pu trouver, mais la coïncidence du prénom des victimes est troublante. Par ailleurs, la gare de Lyon dessert la Suisse et techniquement, compte tenu des horaires des trains, les deux crimes auraient pu être commis par le même homme.

Le procureur sortit son téléphone et Garcia le vit pianoter sur le clavier.

— Encore un journaliste ?

— Non, je réponds à...

Le policier constata soudain la gêne du magistrat.

Quand Maréchal revint dans le bureau, Jemsen et Garcia remarquèrent qu'il était contrarié. Il balbutia :

— Je... je suis navré. Je ne sais pas comment ça a pu se produire...

— Qu'est-ce qui se passe ? demanda le procureur.

— Robin Mizel a été conduit chez le juge d'instruction pour sa mise en examen.

— Pas grave, dit Garcia. Nous attendrons encore un peu.

— Le problème, c'est qu'au lieu de saisir le JLD[2] en vue d'une mise en détention provisoire, le juge d'instruction a libéré Mizel.

---

[2] Juge des libertés et de la détention.

25

Flavie Keller était rentrée chez elle au terme d'une journée éprouvante. Le porte-parole de la police neuchâteloise lui avait proposé d'assister incognito à la conférence de presse, mais elle avait décliné son offre, prétextant un surcroît de travail. Ce qui, en grande partie, était vrai. Mais elle savait que les questions des journalistes dériveraient tôt ou tard sur le rôle que «son» procureur avait joué dans la libération de Mélanie Antoine. Elle ne se sentait pas la force d'affronter ce lynchage médiatique.

Dans les locaux du ministère public de La Chaux-de-Fonds, elle avait croisé le procureur Sylvain Kornisch et ne l'avait pas salué. De toute façon, le vieux procureur acariâtre et détesté de tous avait pour habitude de ne saluer personne au greffe. Le regard noir qu'elle lui avait lancé était passé totalement inaperçu.

Flavie s'était isolée dans un bureau qui n'était pas le sien, pour éviter de répondre aux questions de ses collègues. Dans le système informatique, elle avait ouvert un dossier d'instruction contre inconnu pour assassinat, article 112 du code pénal, enregistré la victime Greta Mizel et ses parents, Robin et Tiziana. Des noms sur le papier pour des vies détruites.

La greffière avait imprimé les nombreux documents que lui avait envoyés la police par email, les avait rangés dans un classeur, avait rédigé et imprimé les quelques mandats complémentaires suggérés par les enquêteurs. Jemsen les signerait à son retour de Paris.

En fin d'après-midi, Flavie était rentrée chez elle, à Auvernier. Elle avait hâte de déménager à La Béroche. La pluie ne s'était pas calmée de la journée, les températures avaient chuté. Flavie se prépara un thé, s'affala sur le canapé et alluma la télévision. *RTS Un* diffusait une série policière américaine sans intérêt.

Flavie laissa l'image, coupa le son et appela Tanja Stojkaj.

— Je te réveille ? s'étonna la greffière. Il est presque six heures.

— Je faisais une sieste, dit Tanja en bâillant. Qu'est-ce que tu veux ?

— C'est toi qui voulais quelque chose, tu te rappelles ? Tu m'as demandé des renseignements sur un couple suisse, Daniel et Solange Bernheim.

— Tu as trouvé quelque chose ?

— Rien du tout.

Il y eut un bref silence.

— Comment ça, rien du tout ? Tu veux dire qu'ils n'ont pas d'antécédents ?

— Non. Je veux dire qu'ils n'existent pas, tout simplement. En tout cas pas de manière officielle. Ils ne sont pas enregistrés à la police des habitants. Nulle part en Suisse. Aucune trace dans un quelconque registre d'état civil.

— Tu es sûre ?

— Je connais mon boulot. Mais si ce sont des étrangers et qu'ils viennent d'arriver en Suisse...

Tanja la coupa.

— Ils ont des passeports suisses.

— Dans ce cas, je présume qu'ils sont faux. Tu veux me les envoyer ?

— Je ne les ai pas.

— Une photo du couple ?

— Non plus. Tout ce que j'ai pu voir, c'est une fiche d'hôtel. Mais je n'ai pas pensé à relever les numéros de passeport. Je vais essayer de les obtenir et je te les enverrai.

— D’accord, répondit Flavie. Mais s’ils sont faux, je ne pourrai pas…

La greffière se figea soudain dans son canapé. RTS Un venait d’interrompre ses programmes et diffusait un appel à témoins de la police cantonale vaudoise.

— Je te rappelle, mon amour, s’excusa-t-elle précipitamment.

Flavie remit le son de la télévision. Un texte en blanc défilait dans une banderole rouge au bas de l’écran. On pouvait lire :

Nyon – meurtre de Greta Schwarzenbach.

Un commentaire audio accompagnait un plan fixe du château :

« … pour l’heure, les enquêteurs se refusent à tout commentaire sur les circonstances du drame. Toute personne susceptible de donner des informations est priée de prendre immédiatement contact avec la police cantonale vaudoise au numéro de téléphone qui s’affiche à l’écran. La basketteuse Greta Schwarzenbach était un des piliers de la première équipe du club Nyon Basket Féminin. Elle avait été transférée du BC Winterthur en début de saison et nourrissait les plus grands espoirs à l’aube des play-offs. »

26

— Je suis désolé, continuait de s'excuser Maréchal. Apparemment, l'information concernant votre venue n'a pas circulé entre le parquet, la PJ et la JIRS.

— La JIRS ? demanda Jemsen.

— La Juridiction interrégionale spécialisée, à laquelle appartient le pôle antiterrorisme des juges d'instruction. Mizel a été libéré sous contrôle judiciaire.

— Avec quelles obligations ?

— Je ne sais pas. Je n'ai pas encore reçu l'ordonnance du juge.

— On a un moyen de le localiser rapidement ? demanda Garcia.

— Je vais me renseigner. Mais d'après ce que j'ai compris, Mizel n'est ni assigné à résidence, ni muni d'un bracelet électronique. Son avocat a dû convaincre le juge que les intentions de son client n'étaient pas celles qu'on lui prêtait. J'aurais dû me méfier.

— Pourquoi ?

— Parce que ce n'est pas la première fois que ce juge nous joue des tours. Il coordonne rarement ses décisions avec les actions de la police. Nous en avons deux ou trois ici, qui se la jouent solo dans leur tour d'ivoire.

Jemsen pensa aussitôt au procureur Kornisch. Son collègue était fait du même bois. Méfiant, il considérait plus les flics comme des adversaires que des collaborateurs. Il se serait assurément entendu avec ce « juge de la galerie Saint-Eloi », du nom du couloir de l'ancien palais de justice de Paris où se trouvaient rassemblés les bureaux des juges d'instruction. L'appellation était restée malgré le déménagement au tribunal judiciaire des Batignolles. Comme le numéro 36.

— Écoutez, reprit Maréchal. J'ai peut-être un moyen de localiser Mizel. En attendant, je vais vous conduire vers mes collègues en charge de l'homicide de la gare de Lyon.

Jemsen et Garcia suivirent Maréchal dans les couloirs du 36. Il leur présenta le capitaine Michel Noirat, un gros rougeaud un peu pataud, et les laissa en sa compagnie.

— Salut, leur dit-il en leur tendant la main.

— Salut, répondit Jemsen sans se formaliser.

— Olivier m'a dit que vous vous intéressez au meurtre de la petite Greta. Que voulez-vous savoir exactement?

— Tout, répondit Garcia. En fait, nous ne savons rien de l'affaire, hormis le prénom de la victime.

Noirat s'en étonna.

— C'est maigre, en effet. J'espérais secrètement que vous m'apporteriez certaines réponses, car je viens d'envoyer une demande d'informations au CCPD[3] de Genève. Il doit bien y avoir une raison à votre présence ici, non?

— Il y en a une, confirma Jemsen. Un bébé prénommé Greta a été assassiné hier soir à Neuchâtel.

Noirat ouvrit de grands yeux.

— Et il y aurait un lien?

— C'est précisément ce que nous cherchons à savoir. Quelles questions avez-vous posées au CCPD?

— Je vais reprendre depuis le début, si vous le voulez bien.

Il leur expliqua la disparition de l'enfant, les inquiétudes de la mère, l'intervention de la police, les recherches dans la gare, et la découverte du corps dans les toilettes du Train Bleu. Pour illustrer ses propos, il lança devant les deux Suisses une série

[3] Centre de coopération policière et douanière entre le Suisse et la France.

de photographies sur une table. On y voyait le corps de la fillette au pied d'une cuvette de WC.

— Quelle est la cause de la mort ? demanda Garcia.

— Strangulation.

Le modus différait largement de celui utilisé par l'assassin de l'hôpital Pourtalès.

— Des traces de sévices sexuels ? questionna Jemsen.

— Aucune, selon les légistes. Tout s'est passé très vite, à en croire la vidéosurveillance de la gare et du restaurant.

— On peut voir ?

Noirat les invita à passer derrière l'écran de son ordinateur. Le procureur et le commissaire reconnurent aussitôt l'homme noiraud et barbu, il portait les mêmes vêtements que sur les images des caméras de Pourtalès.

— Vous l'avez identifié ? demanda Garcia.

— C'est en cours. Nous avons procédé à une reconnaissance faciale, il ne correspond à aucun fichier français, mais nous avons retrouvé sa trace à l'hôtel Mercure. La réceptionniste l'a formellement reconnu. Grâce au bulletin d'hôtel, nous avons un nom et un numéro de carte d'identité suisse.

— Comment s'appelle-t-il ?

— Matthias Hodler.

Le nom ne parlait ni à Jemsen, ni à Garcia. Il y avait une adresse à Neuchâtel, mais ils comprirent aussitôt qu'elle était fausse. La rue indiquée n'existait pas.

— On a retrouvé un billet de TGV Paris-Frasne à son nom, mais il n'a pas pris le train.

— Comment le savez-vous ?

— Le billet n'a pas été scanné par le contrôleur du TGV. En outre, quand cet homme est ressorti du Train Bleu, on a pu suivre sa trace grâce à la vidéosurveillance. Il est monté dans le RER pour Roissy. On a retrouvé sa trace à l'aéroport, où il a pris un vol Paris-Genève.

Noirat leur montra une copie du billet d'Air France.

— Ces informations viennent de me parvenir il y a dix minutes, reprit-il, et j'ai envoyé ma demande au CCPD de Genève au moment où vous franchissiez cette porte.

Garcia s'intéressa aux horaires du vol. Matériellement, Matthias Hodler avait pu commettre les deux homicides.

— Savez-vous si les parents de la petite Greta avaient des liens avec des mouvements de défense du climat ? demanda Jemsen.

— Pas à ma connaissance, répondit Noirat. Les parents sont divorcés. Le père vit à Bordeaux et la mère rentrait avec sa fille à Dijon après trois jours de visite à un membre de la famille qui vit à Paris.

Le procureur aurait voulu poser d'autres questions à l'enquêteur parisien, mais Maréchal débarqua précipitamment dans le bureau, accompagné d'un collègue qui portait une grosse valise noire.

— Venez, dit-il à Jemsen et Garcia. On vient de localiser Robin Mizel.

27

La nuit était tombée, il pleuvinait encore. La 508 noire fonçait, sirène et gyrophares enclenchés, avenue de la Grande Armée en direction de l'Arc de Triomphe. Les véhicules s'écartaient pour la laisser passer, le trafic était moins dense qu'en début de soirée.

Maréchal conduisait. À sa droite, son collègue Martinet tenait la grosse valise ouverte sur ses genoux, une antenne triangulaire dans une main. Ses yeux étaient rivés sur l'écran d'un ordinateur qui affichait un plan de Paris, sur lequel on voyait un point rouge en mouvement.

— « IMSI-catcher », souffla Garcia à Jemsen.

Le procureur avait beaucoup entendu parler du fameux appareil mais ne l'avait jamais vu fonctionner. Un des logiciels permettait de localiser un portable avec une précision bien supérieure à celle des antennes de téléphonie mobile. On voyait le point rouge se déplacer rapidement d'un point à un autre, puis s'arrêter un moment avant de reprendre sa course. Jemsen comprit que Mizel était dans le métro.

— Où va-t-il ? demanda Garcia.

— Il a pris la 13, répondit Maréchal.

Quand la cible se mit à bouger beaucoup plus lentement après un nouvel arrêt, Martinet commenta à l'intention du chauffeur :

— Il est descendu à Montparnasse.

Maréchal contourna la place Charles-de-Gaulle et poursuivit sur les Champs-Élysées jusqu'à la Concorde. Jemsen en profita pour téléphoner à sa greffière.

— Navré de vous déranger à cette heure, Flavie, mais il y a une urgence. Avez-vous accès au bureau à distance?

— Bien sûr, répondit-elle.

Il sentit dans le ton de sa voix qu'elle était ravie de l'entendre et de lui apporter son soutien. Il savait que Flavie vivait seule dans son appartement d'Auvernier rempli de mauvais souvenirs. Elle avait fait le deuil de sa fille et de son mari, elle était solide, mais Tanja restait son talon d'Achille. La fuite de l'ex-inspectrice ne l'avait pas aidée à guérir les blessures de son âme.

— Pouvez-vous vous renseigner sur un certain Matthias Hodler?

Il épela prénom et nom, donna le numéro de sa carte d'identité et ajouta:

— Et tout ce qui pourrait relier cet homme au père du bébé, Robin Mizel.

Il la remercia sans lui laisser le temps d'ajouter quelque chose car elle allait immanquablement lui parler des journalistes et raccrocha au moment où la voiture traversait le pont de la Concorde. La tour Eiffel venait de s'éclairer.

— Où est-il? demanda Maréchal en prenant le boulevard Saint-Germain.

— Il s'est arrêté brièvement dans une boutique du 6e et se dirige à pied vers le jardin du Luxembourg.

Le chauffeur regarda l'horloge du tableau de bord et demanda à son coéquipier:

— Les grilles ferment à quelle heure?

— 20h15, répondit Martinet.

La voiture banalisée accéléra et tourna boulevard Raspail.

Par précaution, Maréchal coupa la sirène et les gyrophares en empruntant la rue de Vaugirard. Au moment où ils passaient devant le palais du Luxembourg, Martinet lui fit signe de ralentir. Le point rouge venait de sortir du jardin et traversait la route.

— Il est juste devant nous.

Jemsen et Garcia cessèrent de regarder l'écran de l'IMSI-catcher et levèrent les yeux. Devant eux, il y avait une voiture. Un peu plus loin, une silhouette encapuchonnée portant un petit sac à dos qui pressait le pas place Paul-Claudel et disparut sous les arcades de la façade antérieure du théâtre de l'Odéon.

— C'est lui, confirma Martinet. J'y vais.

Il posa l'antenne, referma la valise et la glissa à ses pieds.

— On te rejoint de l'autre côté, dit Maréchal.

La portière claqua, la 508 bifurqua rue Corneille et contourna la place de l'Odéon. Au même moment, une silhouette déboula de l'autre côté du théâtre, rue Rotrou. Mizel courait et regardait derrière lui. Il avait dû repérer Martinet et tentait de lui échapper. Le fugitif ne vit pas la voiture de police qui cherchait à lui barrer la route. Le choc fut violent. Mizel heurta l'aile avant droite de la Peugeot, roula sur le capot et retomba lourdement de l'autre côté.

28

Ils n'eurent que le temps de voir Mizel se relever et détaler vers la rue de l'Odéon. Martinet arriva en courant de la rue Rotrou et les rejoignit. Du sang coulait de sa lèvre inférieure.

— Ce fils de pute ne s'en tirera pas comme ça, ragea-t-il en essuyant sa bouche d'un revers de la manche.

— Monte ! ordonna Maréchal.

Ils le rejoignirent à l'intersection du boulevard Saint-Germain. Le chauffeur tenta une manœuvre et monta sur le trottoir pour couper la trajectoire de Mizel, qui buta une nouvelle fois contre la carrosserie. Leurs regards se croisèrent, il avait l'air paniqué. Il contourna la voiture avant que ses poursuivants aient le temps de sortir et courut sous les arbres du carrefour de l'Odéon.

Maréchal jura, actionna nerveusement le levier de vitesses et fit une brève marche arrière, avant de repartir sur les chapeaux de roue.

— Le métro ! cria Martinet.

Ils virent la silhouette de Mizel disparaître dans les escaliers de la station. Maréchal freina brusquement et s'arrêta à côté du kiosque. Les quatre portières s'ouvrirent simultanément, ils descendirent en courant vers la bouche du métro. Au pied des escaliers commençait le dédale des couloirs, avec la lumière glauque des néons, les odeurs fétides et les affiches publicitaires.

Martinet arriva le premier à un embranchement, s'arrêta, regarda à droite et à gauche. Un musicien faisait crincriner son violon. Il n'y avait aucune trace du fuyard.

— Merde ! cria Martinet au moment où les trois autres le rejoignaient.

Deux options s'offraient à eux. Les policiers se comprirent d'un regard, ils devaient se séparer. Jemsen suivit Maréchal en direction de la ligne 4, Garcia et Martinet partirent vers la ligne 10.

Le procureur n'avait plus le physique de ses vingt ans. Depuis l'attentat qui avait failli lui coûter la vie, il avait adopté une existence quasi-contemplative. Ses derniers efforts physiques remontaient à son intervention sous un nom d'emprunt dans la KFOR à Pristina. Une époque dont il ne parlait pas, même quand Flavie et Garcia essayaient de le lancer sur le sujet. Les souvenirs de cette obscure période ne paraissaient pourtant pas si lointains.

Maréchal s'arrêta à l'embranchement des escaliers de la ligne 4. Il semblait avoir encore des ressources, Jemsen le rejoignit en soufflant comme un bœuf.

— Prenez par-là, lui indiqua le flic parisien tandis qu'il se lançait déjà vers le quai direction Mairie de Montrouge.

Jemsen posa ses mains sur ses genoux et reprit son souffle. Puis il se redressa et descendit vers le quai opposé, direction Châtelet.

Le panneau d'affichage électronique annonçait la rame suivante dans deux minutes. La grande voûte carrelée de blanc reliait les deux quais. Des clochards dormaient sur des bancs, de rares personnes attendaient le métro de part et d'autre. Jemsen repéra Maréchal de l'autre côté. Le flic parisien lui fit un signe, Mizel était à quelques mètres du procureur.

Le fugitif était nerveux, il tournait la tête dans tous les sens, à la recherche de ses poursuivants. Mais à part Martinet qu'il avait vu et frappé d'un crochet du droit sous les arcades du théâtre de l'Odéon, il n'avait pas eu le temps de mémoriser les visages des trois autres.

Le regard de Mizel croisa soudain celui de Maréchal sur le quai opposé. Le policier sut qu'il était repéré et fit demi-tour.

Le fuyard regarda le tableau d'affichage et comprit qu'il n'avait pas le temps d'attendre la rame. Il chercha une issue, en trouva une à l'autre bout du quai. Jemsen lui barra le passage, Mizel s'arrêta, médusé.

— On ne vous veut pas de mal, dit le procureur en tendant ses mains devant lui pour montrer qu'il ne représentait pas une menace.

Jemsen fit un pas dans sa direction, Mizel recula vers le bord du quai. Le panneau d'affichage passa d'une minute à zéro, un léger souffle précéda le métro dans la station.

— Restez où vous êtes ! cria Mizel en plongeant sa main droite dans une poche de sa veste.

Il tourna la tête vers la première issue et comprit qu'il était cerné. Maréchal les avait rejoints et sortait son arme.

— Retirez la main de votre poche ! lui intima le policier, bras tendus vers l'avant, pointant le canon du pistolet sur la tête de la cible. Tout doucement !

— N'avancez pas ou je saute ! répliqua Mizel.

Dans le tunnel, les phares du métro grossissaient à l'approche du quai.

— Ne faites pas ça, supplia Jemsen.

Le procureur hésita. Un peu honteux, il osa un coup de bluff :

— Pensez à votre fille.

L'homme se figea. Son regard avait changé, incrédule. Comment cet inconnu pouvait-il savoir qu'il venait d'avoir un enfant ? Il n'en avait jamais parlé lors de ses interrogatoires, pour préserver sa famille. Tiziana et Greta n'avaient pas à souffrir des conséquences de ses actes militants.

Mizel était perdu. Il tourna la tête, regarda Maréchal, le pistolet braqué sur lui, puis Jemsen à nouveau. La rame glissa derrière lui. On entendit le grincement de ses freins.

Des larmes perlèrent des yeux du fugitif, qui leva les bras et se laissa tomber à genoux en signe de reddition. Dans sa main droite, il tenait une petite peluche blanche, un ours polaire qu'il avait acheté dans une boutique du boulevard Saint-Michel pour sa fille.

29

Maréchal avait passé les menottes à Mizel et tout de suite enfilé son brassard orange police, afin de tranquilliser les passagers qui descendaient du métro et regardaient la scène sans comprendre. Puis il avait aidé le suspect à se relever et l'avait reconduit vers la sortie.

Mizel était assis à l'arrière de la 508, il pleurait. Martinet et Garcia les avaient rejoints. Jemsen restait un peu à l'écart à côté du kiosque. Il tenait la peluche dans ses mains et la regardait étrangement, perdu dans ses pensées.

— Tout va bien ? demanda Garcia.

— Oui, répondit le procureur. Mais je ne pourrai jamais lui apprendre que sa fille a été assassinée. Pas après ce que je lui ai dit sur le quai.

— Que lui avez-vous dit ?

Jemsen raconta.

— Vous avez bien fait, tenta de le rassurer le commissaire. Vous lui avez sans doute sauvé la vie.

— Je ne suis pas sûr qu'il ait vraiment eu l'intention de se jeter sous le métro. En tout cas, je ne suis pas fier de moi.

— Je lui annoncerai la mort de Greta, ne vous en faites pas.

Jemsen le remercia, puis s'approcha de Maréchal.

— Vous nous avez dit tout à l'heure que lorsque vous avez arrêté Robin Mizel à la manifestation pour le climat devant l'Assemblée nationale, il avait sur lui des cartouches de chevrotine, un jeu de fils électriques et un détonateur artisanal. Comment a-t-il pu convaincre le juge d'instruction de le libérer ?

— En répétant ce qu'il a toujours dit lors de sa garde à vue : que ce matériel n'était pas à lui, qu'il ignorait comment il avait fini dans son sac à dos et que quelqu'un l'avait piégé.

— Pouvez-vous demander à votre collègue Noirat de vous envoyer une photo de l'homme qu'on voit sur les images de vidéosurveillance de la gare de Lyon ?

Maréchal le regarda, intrigué.

— Selon vous, il y aurait un lien entre ces deux affaires ?

— Je ne suis sûr de rien. Mais qu'avons-nous à perdre ?

Maréchal ne parut pas convaincu, mais il appela son collègue. Une minute plus tard, il reçut la photo sur son téléphone et tendit l'appareil à Jemsen. Le procureur se dirigea vers la 508 et ouvrit la portière arrière. Il montra la photo de Matthias Hodler à Mizel.

— Connaissez-vous cet homme ?

Le suspect renifla, sécha ses larmes avec ses mains attachées et regarda la photo.

— Je ne le connais pas. Mais je l'ai déjà vu.

— Où ça ?

Mizel parut hésitant, puis répondit :

— Je ne suis pas une balance.

Jemsen comprit que Hodler avait des liens avec les militants pour le climat.

— Et si je vous disais que c'est peut-être cet homme qui vous a piégé ?

Mizel renifla une nouvelle fois, analysa l'information et finit par lâcher :

— Il était à côté de moi à la manif'. Je ne l'avais jamais vu avant. Il y avait beaucoup de monde.

Le procureur remercia le suspect, referma la portière et rejoignit Maréchal.

— Pourquoi avez-vous contrôlé spécifiquement Robin Mizel lors de cette manifestation ? Pourquoi lui et pas les autres ?

— Un coup de fil anonyme, répondit le flic parisien.

Jemsen n'espérait pas une autre réponse. Il s'éloigna et téléphona à sa greffière.

— Navré, encore moi. Désolé d'avoir mis un terme abrupt à notre conversation tout à l'heure, mais c'est un peu chaud ici, à Paris. J'imagine que vous vouliez me parler de la conférence de presse, quand j'ai raccroché. Nous en reparlerons demain, si vous le voulez bien.

— Oh, j'ai bien rembarré quelques journalistes qui ont appelé le greffe, répondit Flavie. Mais non, ce n'était pas de ça dont je voulais vous parler. Il y a eu un autre assassinat ce matin, à Nyon. Une dénommée Greta Schwarzenbach.

— Un bébé ?

— Non, une basketteuse de dix-neuf ans.

— Vous avez eu le procureur vaudois ou la police ?

— Non, j'ai appris ça ce soir en regardant la télévision.

— Ok, répondit Jemsen. Je... Dan Garcia et moi rentrerons probablement demain à Neuchâtel. Je vais lui en parler. Il appellera ses collègues vaudois. Mais dans l'immédiat, j'ai besoin de savoir si vous avez trouvé quelque chose concernant Matthias Hodler.

— Pas grand-chose, dit Flavie. Le numéro de carte d'identité ne correspond pas, c'est un faux. Par ailleurs, je n'ai trouvé qu'un seul Matthias Hodler dans les différentes bases de données que j'ai pu consulter. Mais ce n'est probablement pas celui que vous recherchez. Il est mort en 1977. Son père, Willy Hodler, s'est jeté du Creux-du-Van en emportant avec lui ses deux enfants, Matthias et Sophie.

30

Après le cours de Mélanie Antoine, Matthias Hodler avait traîné un peu sous la pluie, le long des Jeunes-Rives, sur les berges du lac en furie et dans les rues désertes de Neuchâtel. Puis il était rentré chez lui.

Il trouva Sybille au lit, en train d'allaiter les jumeaux. Il ne lui fit aucune remarque sur les cinq nouveaux paquets de couches qui trônaient sur la table de la cuisine.

— Tu rentres tard, lui dit-elle.

Il regarda sa montre.

— Pas plus tard que d'habitude.

— Tu étais encore avec elle ?

— Qui ça ?

— Tu sais très bien de qui je parle, cette prof de climatologie.

— De politique environnementale, corrigea-t-il.

— Je ne comprends pas pourquoi tu suis ses cours, alors que tu ne partages pas ses convictions.

Matthias sentit au ton de sa voix que sa femme cherchait le conflit. Il n'avait aucune envie de la suivre sur ce terrain.

— La vraie victoire, c'est de réussir à transformer ses ennemis en amis. Je suis sûr que je parviendrai à la faire changer de camp.

— Tu la baises ?

Matthias lui sourit tristement.

— Bien sûr que non. Si tu avais regardé la télévision ou écouté la radio aujourd'hui, tu saurais qu'elle est mariée...

— ... et qu'elle a un amant! l'interrompit sa femme. Je sais, j'ai lu l'article sur le site d'ArcInfo. Elle a une liaison avec le procureur Norbert Jemsen. Une femme mariée qui trompe son mari est une vraie salope, elle ne va pas s'arrêter à un seul amant. Et c'est valable pour les hommes aussi.

— Je ne t'ai jamais trompée, mon cœur, coupa-t-il en s'éloignant de la chambre.

— Tu vas où? cria-t-elle alors qu'il descendait l'escalier.

— J'ai encore un peu de travail.

Matthias prit une bière dans le frigo et s'installa derrière son ordinateur. Il se logua d'abord sur Facebook et consulta les différents articles des médias romands sur Mélanie Antoine et Norbert Jemsen. Ils faisaient la Une, le terme «scandale» figurait dans plusieurs titres, les journalistes avaient trouvé l'os qu'ils rongeraient jusqu'à la moelle ces prochaines semaines.

Matthias ne réagissait jamais sur Facebook, mais il se délectait de la bêtise humaine en lisant les commentaires des internautes sur ce genre de publications. En l'occurrence, c'était surtout le profil de la professeure qui attirait les écologistes et les climatosceptiques *comme des mouches sur de la merde*.

Sur Facebook, c'était comme si toute la planète était soudain devenue omnisciente. Matthias en vint presque à plaindre Mélanie Antoine et ce pauvre procureur.

Mais tout ce battage sans cervelle n'était qu'indirectement lié à son combat. Il était au-dessus de tout ça. Sa mission à lui était d'un intérêt largement supérieur: faire savoir à l'icône des défenseurs du climat qu'elle devait craindre pour sa vie et la renvoyer dans l'anonymat. Une protection policière la musellerait.

Matthias alla sur son disque dur externe crypté. Il ouvrit sa base de données des Greta et se lança à la recherche de sa prochaine victime. Il parcourut rapidement les avis de naissance dans l'espoir de compléter sa liste, mais n'en trouva aucune. Son *chat*, avec le pseudo *Lovenature* et la photo de profil d'un beau jeune homme blond style surfer californien, était muet. Greta Chapuis, une étudiante de vingt ans qui habitait Moutier dans le Jura bernois – l'adjectif « bernois » deviendrait bientôt superflu – n'avait pas répondu à son dernier message. Il décida de la relancer. Il s'était documenté sur elle et savait qu'elle faisait des études de droit et de l'équitation. Il composa son message en conséquence.

Puis il reprit sa liste, la fit défiler et finit par jeter son dévolu sur Greta Aebischer, une petite Fribourgeoise de deux ans. Ses parents vivaient à Bulle et tenaient un restaurant au sommet du Moléson. Il les avait déjà suivis, observés, il avait noté leurs habitudes. Et cerise sur le gâteau, ils vivaient non loin de l'hôpital psychiatrique de Marsens, où la mère de Matthias était internée de longue date. Cette pensée ne fit que décupler sa haine.

Troisième jour

31

Flavie Keller se réveilla sur le coup des huit heures. Elle s'était accordé un supplément de sommeil, car « son » procureur l'avait fait travailler une bonne partie de la soirée et, de toute façon, il ne rentrerait pas de Paris avant le milieu de la journée.

Le radio-réveil diffusait les informations de RTN, l'affaire Mélanie Antoine en premier titre. La journaliste s'étonnait que Norbert Jemsen soit impossible à joindre depuis la veille et mentionna que le conseil de la magistrature s'était saisi de son cas. Puis il fut question des intempéries qui ravageaient l'Allemagne et la Belgique, le bilan en vies humaines s'alourdissait. La Suisse en subissait directement le contrecoup : les eaux des lacs et des rivières peinaient à s'évacuer en raison des inondations du nord de l'Europe. Plusieurs villes et régions étaient menacées. Le lac de Bienne, et ceux de Neuchâtel et de Morat par compensation, atteignaient des niveaux records. Le dérèglement climatique était pointé du doigt.

Flavie prit son téléphone sur la table de nuit. Elle ne l'avait pas éteint, afin de permettre à « son » procureur de l'appeler au besoin. Il ne lui avait envoyé qu'un message tôt ce matin :

Nous prenons le TGV de 7h56 et serons à Neuchâtel vers midi. Rendez-vous au BAP à 14h pour un point de situation.

Elle avait aussi reçu un mail de Tanja Stojkaj au milieu de la nuit. L'ex-inspectrice lui demandait de procéder à une nouvelle vérification concernant le couple Bernheim, sans autre explication. Un détail arracha toutefois un petit sourire à Flavie, Tanja avait terminé son message par un petit cœur rouge en émoticône. Elle ouvrit la pièce jointe et découvrit des photographies d'empreintes digitales.

Jemsen et Garcia se séparèrent devant la gare de Neuchâtel et se donnèrent rendez-vous au BAP deux heures plus tard. Jemsen avait décidé de rentrer chez lui à pied.

Il passa devant le kiosque de la gare. Parmi les manchettes des journaux, celle d'ArcInfo annonçait « un procureur sur la sellette ». Il l'ignora et sortit place de la Gare. La météo était la même que la veille : il pleuvait des cordes. Il s'arma de courage, pressa le pas en direction du Crêt-Taconnet. La tour de l'OFS, l'office fédéral de la statistique, dominait le quartier. Dix minutes plus tard, il arriva chez lui, avenue de Bellevaux. Il était trempé.

Son premier réflexe fut d'ouvrir la boîte aux lettres. S'il y avait une chose que Jemsen ne supportait pas, c'était l'idée de rater une facture et de recevoir un rappel. Un magistrat ne pouvait pas se permettre ce genre de désagrément, même si ça paraissait peu de chose comparé aux tracas judiciaires qui l'attendaient. Sans surprise, il découvrit une lettre de son autorité de surveillance. Le conseil de la magistrature n'avait pas perdu de temps.

En montant les escaliers qui menaient à son appartement, il ouvrit l'enveloppe. Un pli simple, non recommandé. Était-ce bon signe ? Il en doutait. Il sortit la lettre et la lut. Elle était très brève. Le président du conseil lui annonçait qu'une procédure disciplinaire était ouverte contre lui et qu'il serait prochainement convoqué pour audition.

Arrivé sur le palier, il eut la désagréable surprise de trouver sa porte d'entrée entrouverte. Il pensa aussitôt à un cambriolage, inspecta rapidement la serrure, elle ne semblait pas avoir été forcée. Aucune trace d'effraction sur le cadre.

Lentement, il poussa la porte, qui s'ouvrit dans un léger grincement. La première vision qu'il eut sur le hall d'entrée et le salon le rassura. Son appartement n'avait pas été fouillé.

Il s'avança dans le vestibule sans faire de bruit, prêt à réagir. Comment ? Il ne s'était pas posé la question. Se défendre ou prendre la fuite ? Curieusement, il maîtrisait sa respiration. Son pouls ne s'était pas emballé. Pas encore.

Il pensa à l'arme dans le petit meuble de l'entrée et hésita. Mais il n'eut pas le temps d'ouvrir le tiroir. Son cœur fit un bond dans sa poitrine quand une silhouette apparut à contre-jour dans le salon, juste devant lui.

32

— Putain, Mélanie ! Ça, c'est le genre de truc que tu ne peux pas faire !

— Je voulais te faire une surprise, répondit-elle d'une voix légèrement enfantine.

Ce ton ne lui ressemblait pas, elle paraissait presque déçue qu'il ne lui saute pas dans les bras.

— Navré, lâcha-t-il en posant sur le meuble d'entrée la lettre du conseil de la magistrature et le sac en plastique contenant les maigres effets qu'il avait achetés à Paris dans un commerce de nuit. Ces dernières vingt-quatre heures ont été éprouvantes, je suis crevé. Mais qu'est-ce que tu fais là ?

— Tu m'as donné la clé de chez toi, tu t'en souviens ?

Bien sûr qu'il s'en souvenait. Sauf qu'elle ne l'avait jamais utilisée jusque-là.

— Excuse-moi. Je... en vérité, je suis très heureux que tu sois là.

Mélanie et Jemsen étaient nus côte à côte dans le lit. Elle ne lui avait laissé aucun répit, l'adrénaline peinait à retomber. Le procureur essayait de reprendre son souffle.

— Les voyages imprévus te réussissent plutôt bien, dit-elle en caressant les cicatrices qu'il avait sur le torse. Il faut que tu partes plus souvent. Mais pas trop longtemps quand même.

— Je ne suis pas parti assez longtemps pour qu'on m'oublie, répondit-il en pensant aux manchettes qui tapissaient les caissettes à journaux du canton.

— Ça finira par se tasser.

Il se tourna vers elle et l'embrassa dans le cou.

— Et toi, comment vas-tu ?

— Mon mari m'a mise à la porte.

— Je suis désolé.

— Tu n'as pas à l'être. Notre histoire était terminée depuis longtemps, il fallait simplement un électrochoc pour qu'il ouvre les yeux. À part ça, le recteur m'a convoquée ce matin et m'a mise à pied, je dois ranger mon bureau cet après-midi. Pour couronner le tout, Sylvain Kornisch m'a lui aussi convoquée pour audition la semaine prochaine. Il s'est pavané dans les médias, un vrai connard, un climatosceptique. Mais à part ça, je te rassure, tout va bien.

Jemsen soupira.

— Je... je ne sais pas trop quoi te dire, Mélanie. Tu ne mérites pas tout ça. Je suis là, tu le sais. Nous allons traverser cette tempête ensemble.

Elle éclata d'un rire sincère.

— Ne sois pas si mélodramatique, Norbert. Je suis une grande fille. Je vais assumer mes erreurs. Mais si ton collègue croit que je vais exprimer des regrets, il se fourre le doigt dans l'œil.

— Méfie-toi de lui, dit Jemsen. Il est incompétent et c'est ce qui le rend encore plus dangereux. Je n'ai pas lu ses interventions dans la presse, mais peut-être devrais-tu prendre un avocat et demander la récusation de Kornisch.

— Pour que tu reprennes l'affaire ?

— Je ne plaisante pas.

— Je sais. Je vais y réfléchir. En tout cas, j'ai bien ri en voyant sa photo dans les médias. On dirait Mark Twain.

— Sauf que Mark Twain était un génie.

Mélanie se leva, Jemsen contempla son corps élancé.

L'âge ne semblait avoir que peu d'emprise sur elle, elle avait quelques petites formes discrètes, mais qui la rendaient plus désirable aux yeux du procureur.

— Et Paris, c'est allé ? demanda-t-elle en se rhabillant.

— On a obtenu ce qu'on voulait.

Il lui résuma les trois assassinats, parla de Robin Mizel et de l'anéantissement du jeune père quand Garcia lui avait annoncé la mort de son bébé.

— Merde ! s'exclama Mélanie. Je connais Robin. Il a suivi mes cours jusqu'à l'année dernière, un militant convaincu et engagé. Mais on ne l'a plus revu quand sa femme a été enceinte. Qui a fait ça ? Vous avez un suspect ?

— On a trouvé un nom grâce aux Parisiens. Un certain Matthias Hodler, mais...

— Matthias ? le coupa-t-elle surprise.

— Tu le connais ?

— Bien sûr, c'est aussi un de mes étudiants. Enfin, pas vraiment. Il n'est pas inscrit à l'université, mais il suit mes cours. Un type vraiment étrange.

— Mizel nous a dit qu'il ne le connaissait pas.

— Parce que Matthias ne vient à l'uni que depuis quelques mois. Je n'ai jamais vu Matthias et Robin ensemble.

Jemsen se leva à son tour et ramassa ses vêtements qui jonchaient le sol de la chambre. Puis il se rhabilla devant elle, tandis qu'elle remettait ses cheveux en place.

— Mélanie, c'est très important. Il faut que tu me dises tout ce que tu sais de ce Matthias Hodler.

— Je ne sais pas grand-chose à son sujet, répondit-elle ennuyée. Sauf qu'il me fait peur.

— Un militant extrémiste ?

— Tout le contraire, un climatosceptique extrémiste. J'ai l'impression qu'il ne suit mes cours que pour me provoquer.

— Tu peux me le décrire physiquement ?

— Je peux faire mieux que ça.

Elle sortit de la chambre, il la suivit en boutonnant sa chemise. Elle se dirigea vers une chaise de la salle à manger et prit son téléphone dans son sac à main.

— Je l'ai pris en photo à son insu. Je ne sais pas pourquoi j'ai fait ça, probablement parce qu'il me fait vraiment flipper.

33

Flavie Keller arriva au BAP un peu avant quatorze heures. Elle monta au neuvième, l'étage de la police judiciaire, et fila sans hésiter dans le bureau du chef des stups. Dan Garcia lisait un vieux rapport. Après l'avoir saluée, il lui montra le document jauni par le temps :

— Une histoire hallucinante, j'en parlerai tout à l'heure.

Elle ne lui posa aucune question et lui tendit les photographies qu'elle avait reçues de Tanja Stojkaj, sans citer sa source.

— Pourriez-vous me rendre un service ? J'aimerais que vous compariez ces empreintes avec la base de données fédérales.

— C'est en lien avec notre affaire ?

— Non. Je suis désolée, je ne peux pas vous en dire plus. Et, si je peux abuser, pourriez-vous garder ça pour vous ?

Il lui sourit et prit les photographies.

— Je ne vous promets rien.

— Merci.

Garcia regarda sa montre et se leva. Il était temps de gagner la salle de conférence. Flavie le suivit dans les couloirs du BAP jusqu'aux ascenseurs. Jemsen les rejoignit dans la cabine. Il avait l'air contrarié.

— Ça va ? lui demanda sa greffière.

— Ça pourrait aller mieux, j'ai reçu une lettre du conseil de la magistrature.

— Vous aurez un blâme ou une amende, rien de plus, dit Flavie rassurante.

— Ou ils me destitueront, on verra bien. Mais ce que je ne comprends pas, c'est l'acharnement dont fait preuve le procureur Kornisch. Nous avons peu d'atomes crochus, lui et moi. Ce n'est un scoop pour personne. Mais je ne pensais pas qu'il nourrissait une telle haine à mon égard.

Flavie parut embarrassée, elle connaissait la réponse mais peina à reprendre la parole.

— C'est une vieille histoire qui remonte avant votre... amnésie, si vous voyez ce que je veux dire.

Il acquiesça. Garcia sourit, il avait compris lui aussi.

— Peut-être pourriez-vous me la rappeler? dit Jemsen.

— Hé bien... votre ancien «vous» a classé une plainte de Kornisch à l'époque. Votre collègue avait abusé de ses prérogatives en ordonnant un tir létal à l'occasion d'une prise d'otages à Festi'Neuch. Suite à cet ordre, le négociateur, l'ancien commissaire Marc Boileau aujourd'hui à la retraite, lui a cassé le nez d'un coup de boule. Vous avez classé sa plainte contre Boileau et vous l'avez dénoncé au conseil de la magistrature, qui l'a sanctionné. Aujourd'hui, Kornisch a trouvé un moyen de se venger. C'est aussi simple que ça.

L'ascenseur s'arrêta à l'étage de la salle de conférence. Flavie, Jemsen et Garcia rejoignirent les nombreux enquêteurs qui s'y trouvaient déjà. Le procureur ne les connaissait pas tous. Ils s'installèrent et l'OPJ proposa un rapide tour de table pour les présentations. Jemsen fit la connaissance de son homologue Jean-Luc Nicod, du ministère public de l'arrondissement de la Côte à Morges, et de la procureure Cindy Arn, du ministère public du Jura bernois-Seeland à Bienne. Les deux magistrats étaient accompagnés d'inspecteurs vaudois et bernois.

La parole fut d'abord donnée à l'inspecteur Pascal Kneuss de la police cantonale vaudoise, qui exposa le cas Greta Schwarzenbach. Des photos de la scène de crime furent projetées sur un écran au fond de la salle.

— Nous avons entendu sa coéquipière, Alicia Margot, et Ken Robinson, un joueur américain de l'équipe masculine. Ce dernier a déclaré n'avoir jamais écrit de message à la victime et l'analyse de ses appareils, téléphone et ordinateur, l'a confirmé. Quant à l'analyse du téléphone de la victime, elle a révélé que les derniers Messenger reçus avaient été effacés, probablement par l'assassin. Notre service informatique les a retrouvés dans une interface cachée du téléphone. En cela, l'assassin ne s'est pas montré très malin. Mais là où il l'a été un peu plus, c'est qu'en remontant la source de ces messages, nous sommes arrivés sur une adresse *.onion*, accessible uniquement par l'intermédiaire du réseau *Tor*. Autrement dit, le darknet. Le routage «en oignon» de ce réseau garantit l'anonymat. Nous n'avons pas pu remonter plus loin. Mais en effaçant les messages sur le téléphone de la victime, l'assassin a laissé ses empreintes et son ADN, pour l'heure inconnus des bases de données.

— Ces empreintes et cet ADN présentent des caractéristiques communes avec certaines traces relevées sur les poignées de porte de la chambre 5014 de l'hôpital Pourtalès, précisa un inspecteur du service forensique neuchâtelois.

— Ce qui est intéressant, reprit Kneuss, c'est que nos collègues bernois disposent d'un élément supplémentaire qui pourrait permettre de remonter jusqu'à l'assassin.

La procureure biennoise Cindy Arn comprit qu'on lui cédait la parole.

— Ce matin, dit-elle, une certaine Greta Chapuis s'est rendue au poste de la police cantonale bernoise à Moutier pour porter plainte contre inconnu. Depuis des jours, elle se fait harceler sur Internet par un homme avec une fausse photo de profil. Nous avons retrouvé cette photo sur Google, elle correspond à celle d'un champion de surf australien. L'interlocuteur de Greta Chapuis utilise le pseudo *Lovenature* et lui a déjà proposé plusieurs fois de la rencontrer. Il met en avant son amour pour le droit et les chevaux. Or, Greta Chapuis est une cavalière émérite et suit des études de droit à l'université de Neuchâtel. Nous avons essayé en vain de remonter à l'adresse IP utilisée par *Lovenature*. Pour l'heure, notre enquête est au point mort et nous avons placé Greta Chapuis sous protection policière.

À son tour, le commissaire Garcia résuma l'assassinat de l'hôpital Pourtalès et les résultats de la commission rogatoire à Paris. Sous les yeux attentifs de l'assemblée de magistrats et de policiers intercantonaux, il conclut son exposé par une question que tout le monde se posait :

— Qui est Matthias Hodler ?

34

Dans son bureau de l'avenue du Premier-Mars, Mélanie Antoine vidait un dernier rayon de livres et les rangeait dans un carton, quand elle sentit une présence devant la porte. Elle leva les yeux et vit une femme, la quarantaine, mal fagotée, les cheveux en bataille et un pull constellé de taches. Des jumeaux dormaient dans une large poussette à laquelle des paquets de couches étaient accrochés.

— Vous cherchez quelque chose ? demanda-t-elle à l'inconnue.

— C'est vous que je viens voir, répondit Sybille Hodler.

La professeure la regarda étrangement. Il lui semblait avoir déjà vu ce visage, mais sa mémoire lui jouait des tours. Elle ne parvenait pas à la situer dans un contexte particulier. Dans ses cours, Mélanie avait déjà croisé des étudiantes enceintes ou avec un bébé dans les bras. Mais cette femme n'en faisait pas partie, elle en était quasi certaine.

— À vrai dire, s'excusa-t-elle, vous tombez assez mal. Est-ce urgent ?

— C'est à vous de me le dire, sourit tristement l'inconnue.

Mélanie détesta cette réponse mystérieuse et se rendit compte que cette femme avait obtenu ce qu'elle recherchait : toute son attention. Une petite voix lui susurra de rester sur ses gardes.

— De quoi s'agit-il ?

— De mon mari.

— Je le connais ?
— Assurément. En tout cas, depuis des mois, il ne parle que de vous.
— Comment s'appelle-t-il ?
— Matthias Hodler.
Le sang de Mélanie ne fit qu'un tour. Matthias ne lui avait jamais dit qu'il était marié ni père de famille et ne s'était d'ailleurs jamais confié sur sa vie privée.
L'intrusion de cette femme lui rappela la manière de faire de Matthias : la surprendre quand elle s'y attendait le moins, quand elle se trouvait seule et sans témoin, pour la pousser dans ses retranchements. Mélanie éprouva le même malaise qu'à la fin de son cours, la veille. Elle fut aussitôt sur la défensive.
— Je vois qui est votre mari. Dites-moi en quoi je peux vous aider, mais faites vite, car je n'ai que très peu de temps à vous accorder.
Sybille ricana.
— Les gens comme vous se croient tellement supérieurs aux autres. Je suis négligeable à vos yeux. Mais j'irai droit au but : est-ce que vous couchez avec mon mari ?
Mélanie resta sans voix. C'était donc ça, une femme jalouse. La naissance des bébés avait probablement creusé un fossé au centre du lit conjugal.
— Je... non... balbutia-t-elle.
Elle s'imagina au lit avec cet homme et l'idée la dégoûta.
— Absolument pas ! Matthias est un étudiant, rien de plus.
— Ce ne serait pas la première fois qu'un professeur couche avec son élève.
— Mais ce n'est pas le cas, rassurez-vous. Maintenant, si vous n'avez pas d'autre question, je vous prierais de me laisser. J'ai du travail.
— Je suis certaine qu'il a une maîtresse, insista Sybille.
— Ce n'est pas moi.
— Pourtant...
L'inconnue hésita. Son regard accusateur l'avait quittée et s'était teinté de tristesse, presque de détresse. Un instant, Mélanie eut pitié d'elle.

— Il a tellement changé depuis qu'il suit vos cours. Il me fait peur. Il a toujours été climatosceptique. Pour lui, la lutte contre le réchauffement est une mode, la guerre de tranchées d'une société en mal de conflit. Il parle souvent de la deuxième guerre mondiale.

— Je ne vois pas le rapport.

— Son grand-père est mort en 40. Non loin d'ici, au Creux-du-Van. Un stupide accident. Je crois que Matthias voit en lui une sorte de héros, même s'il lui arrive de dire le contraire. Et il prétend que si la planète vivait une nouvelle tragédie – une vraie, comme une guerre mondiale ou une pandémie – la question climatique serait très vite reléguée aux oubliettes.

— Chacun est libre de ses opinions, répondit Mélanie, un peu excédée. Je crois que votre mari s'est mis en tête qu'il pourrait me faire changer d'idée sur le climat, mais je lui ai déjà fait comprendre qu'il se berçait d'illusions.

— C'est bien ce qui me fait peur, murmura Sybille comme si elle se parlait à elle-même. J'ai l'impression qu'il se radicalise de jour en jour. Il s'enferme dans son combat, il doit se sentir de plus en plus seul. Et je crois qu'il est sur le point de faire une bêtise.

Mélanie sentit un frisson parcourir son corps, elle aurait voulu demander à cette femme à quel genre de bêtise elle faisait allusion. Elle imagina le pire. Pourrait-elle devenir la cible de ce fou ?

L'inconnue ne lui apporterait aucune réponse. Sans lui dire au revoir, elle avait déjà disparu dans les couloirs de l'université avec sa poussette.

35

« Voici ce que nous savons de Matthias Hodler », répondit le commissaire Garcia à sa propre question. Il faisait défiler des photos sur l'écran de la salle de conférence.

On distinguait assez bien l'homme des images de vidéosurveillance de l'hôpital Pourtalès, le même quelques heures plus tôt en gare de Lyon à Paris et toujours le même pris en photo par Mélanie Antoine à l'université de Neuchâtel. La dernière image était floue, mais on le reconnaissait, assis, tout seul, au dernier rang d'une salle de cours.

Les procureurs et les policiers de Neuchâtel, de Berne et du canton de Vaud attendaient impatiemment la suite, les yeux rivés sur l'écran. Dan Garcia passa à la photo suivante, celle d'une plaque commémorative avec, en arrière-fond, les parois rocheuses du Creux-du-Van :

Ici est tombé en servant sa Patrie le 25 juillet 1940 dans sa 21e année le sapeur Francis Hodler de La Tour-de-Trême Fribourg R.I.P. Sa famille affligée

— Francis Hodler était le père de Willy et le grand-père de Matthias, reprit l'OPJ. Il a chuté accidentellement à cet endroit, apparemment à cause du brouillard, alors qu'il patrouillait sur les hauts plateaux avec Jean Matthey, un autre soldat du régiment d'infanterie 8. Willy Hodler n'avait que quelques mois quand son père est mort. À la fin de la guerre, sa mère a décidé de quitter La Tour-de-Trême pour se rapprocher du lieu du drame. Elle a emménagé avec son fils dans une ferme à Provence et obtenu l'autorisation d'apposer cette plaque à la mémoire de son défunt mari.

Garcia projeta l'image suivante, un domaine agricole avec une vue imprenable sur le lac de Neuchâtel, le Plateau fribourgeois et les Alpes. La photo en noir et blanc était jaunie.

— On ne retrouve aucune trace de la famille Hodler jusqu'en 1977. On ne sait pas ce qu'est devenue la mère de Willy, elle est probablement morte dans l'anonymat. On sait simplement qu'en mai 1968, Willy s'est marié avec Martha, une femme plus âgée que lui, et qu'ils ont eu deux enfants, Matthias, en 1970, et Sophie, en 1971. La famille Hodler a continué de gérer l'exploitation de la ferme de Provence, jusqu'au drame de l'hiver 1977. Des témoins ont parlé plus tard de violences conjugales répétées entre Willy et Martha, dues à leur consommation massive d'alcool. Mais c'était une époque où le sujet était tabou, où on n'appelait pas la police pour ce genre d'affaires privées.

Garcia fit défiler la photographie suivante, toujours en noir et blanc, toujours jaunie : celle de gendarmes marchant dans la neige au pied des falaises du cirque rocheux.

— Ce soir de l'hiver 1977, Willy Hodler a quitté Martha au terme d'une énième dispute, en emmenant ses deux enfants. Il est monté avec eux au Creux-du-Van. On a retrouvé sa voiture garée sur le parking du restaurant du Soliat. Il n'a laissé aucun mot, mais la gendarmerie de l'époque a retrouvé leurs traces de pas dans la neige. Willy a marché avec Matthias et Sophie jusqu'au muret qui sépare les pâturages du bord de l'abîme. Puis il est remonté jusqu'à la plaque commémorative, à l'endroit précis où son père était tombé en 1940. Willy a pris ses deux enfants dans ses bras et s'est jeté avec eux dans le vide.

L'image suivante montrait le cadavre d'un enfant, le crâne fracassé et le corps lacéré par la paroi rocheuse. L'absence de couleurs sur la photo atténuait à peine la violence de la scène.

Garcia sortit le rapport de police de l'époque, le lut aux enquêteurs et conclut :

— Matthias Hodler avait sept ans. Il est mort en 1977.

36

Les deux gendarmes se souviendraient longtemps de l'hiver 1977. Non qu'il ait été plus rigoureux que les précédents, il avait neigé comme d'habitude. Dans la vallée de la Brévine, on avait même aménagé un anneau de patinage de vitesse sur le lac gelé des Taillères en vue des championnats suisses.

Au petit matin, ils avaient laissé leur véhicule de patrouille à la Ferme Robert, en contrebas du cirque de falaises en U ouvert sur les gorges de l'Areuse. Ils avaient poursuivi à pied jusqu'au pierrier en forme de semi-entonnoir. Leur progression était fortement ralentie par l'épaisse couche de poudreuse.

Ils trouvèrent le premier corps à l'endroit indiqué par le pilote de l'hélicoptère. C'était celui de Willy Hodler. Son visage était méconnaissable, mais il portait les habits qu'avait décrits sa femme Martha et que le choc contre la falaise avait lacérés. L'homme était probablement déjà mort quand il avait atterri au fond de l'abîme. Les membres étaient désarticulés, les viscères sortaient de l'abdomen déchiré. La neige avait pompé une grande partie du sang, les chairs étaient livides. Une comparaison des empreintes digitales ou de ce qui restait des dents permettrait probablement de confirmer l'identité du défunt.

— Espèce de salopard ! grogna le plus grand des deux gendarmes en s'adressant au cadavre de Willy Hodler.

Il y avait un petit corps, quelques dizaines de mètres plus bas, dans la déclivité.

L'autre gendarme l'avait vu lui aussi et descendait déjà dans la haute neige. Il peinait à avancer, s'enfonçant à chaque pas jusqu'aux genoux et parfois même jusqu'à la taille.

— On aurait dû prendre des raquettes, râla-t-il. En plus, les pompes funèbres ne vont jamais monter jusqu'ici. Le sale boulot sera pour notre pomme. Il faudra des luges pour redescendre les trois corps jusqu'à la ferme.

Son collègue le rejoignit en marchant tant bien que mal dans ses traces jusqu'au corps du petit garçon. Le spectacle n'était pas beau à voir.

— On ne devrait redescendre que les deux mômes, dit-il. Leur père mérite de pourrir ici.

— Avec ce froid, il ne risque pas de pourrir.

— Peut-être pas, mais il ferait le bonheur des animaux affamés.

Le premier gendarme frotta ses gants l'un contre l'autre, pour se réchauffer les doigts.

— Tu as repéré la gamine?

— Pas encore. L'hélico la situait un peu plus à gauche, sauf erreur.

Ils regardèrent autour d'eux. L'épaisse couche de neige fraîche qui recouvrait le cône d'éboulis les empêchait de voir le troisième corps. Ils longèrent le pierrier en suivant la courbe de la falaise. De temps à autre, le silence était perturbé par le cri d'un oiseau ou la chute d'une pierre qui se détachait de la paroi. Ils ne portaient pas de casque et jetaient des coups d'œil réguliers vers les gigantesques murs du cirque qui les dominaient.

Celui qui l'aperçut vit d'abord la couleur des vêtements de la petite fille. Il soupira et redoubla d'efforts pour parvenir jusqu'à elle. Il appréhendait ce qu'il allait trouver. Lui aussi avait une fille de six ans.

Il n'aurait pas fallu que Willy Hodler tombe vivant entre ses mains, le gendarme n'aurait pas répondu de ses actes.

Le corps de Sophie Hodler était couché sur le dos, les jambes et les bras écartés, à moitié enseveli par la poudreuse. Ses habits étaient moins déchirés que ceux de son père et de son frère.

Son visage était griffé, mais presque intact. Sa peau était bleutée, ses lèvres violacées.

Un détail frappa tout de suite l'attention du gendarme : la neige autour d'elle avait été remuée. Il comprit que la gosse avait bougé après la chute.

« Merde... » pensa-t-il en s'approchant du petit corps. Il s'accroupit à côté d'elle et toucha le front de la fillette. Il était froid, mais une légère brume semblait s'échapper de ses narines. Il regarda sa poitrine, qui se soulevait de manière à peine perceptible.

— Putain ! cria-t-il en se retournant vers son collègue qui peinait à remonter à sa hauteur. Elle est encore en vie ! Appelle les secours !

L'autre gendarme ne comprit pas tout de suite.

37

À la fin de la réunion, les procureurs Jemsen, Nicod et Arn étaient convenus de poursuivre séparément l'instruction de chaque dossier dans les cantons concernés, de ne pas *fixer de for intercantonal*. Les différentes polices impliquées se tiendraient évidemment informées de la progression de chaque enquête en temps réel.

Garcia conduisait la Subaru des stups, Flavie à sa droite, Jemsen à l'arrière. Ils venaient de dépasser Morat. L'axe Neuchâtel-Fribourg était encore l'un des rares de Suisse romande à ne pas relier deux villes importantes par l'autoroute. La traversée des districts champêtres du Lac et de la Singine se transformait en rodéo routier entre tracteurs, camions et automobilistes pressés.

— C'est tout de même incroyable, dit la greffière. Cette petite fille doit être la seule personne au monde à avoir survécu à une chute d'une falaise de deux cents mètres de haut.

— Les gendarmes de l'époque ont pensé la même chose, répondit l'OPJ. Je les ai eus tous les deux au téléphone ce matin. Ils sont à la retraite aujourd'hui, mais ils se souviennent parfaitement de tous les détails de l'affaire.

— Manifestement, ce n'était pas son heure, dit Jemsen. Un concours de circonstances exceptionnel. Toute falaise n'est jamais complètement à-pic. Le plus souvent, les victimes heurtent la paroi au cours de la chute et sont déjà mortes avant d'arriver en bas. Sans cet arbuste qui a sans doute ralenti sa chute et l'a éloignée des rochers, la petite Sophie Hodler aurait connu le même sort que son frère. Elle a eu la chance d'atterrir dans une couche de neige poudreuse suffisamment épaisse. Fractures du bassin et des jambes, quelques côtes cassées, hypothermie. On peut parler d'un vrai miracle.

Ils traversèrent Salvenach et Gurmels, et descendirent vers le lac de Schiffenen. Les pluies torrentielles qui s'abattaient sur la Suisse et le reste de l'Europe depuis deux jours avaient fait monter son niveau à un point critique. La Subaru franchit la longue courbe du barrage. Sur la gauche, les vannes étaient ouvertes au maximum, lâchant un impressionnant débit dans le cours de la Sarine, en contrebas.

Le lieu rappela à Garcia une vieille affaire, celle du Monstre de Saint-Ursanne, mais il garda ce souvenir pour lui, souhaitant éviter toute nouvelle question du procureur sur son coéquipier de l'époque, l'inspecteur Mike Donner.

— Ce qui est tout aussi incroyable, relança Flavie, c'est ce qui s'est passé ensuite. Je ne suis pas sûre d'avoir bien compris. En fin de compte, qu'est devenue Sophie Hodler ?

— C'est très confus, répondit Garcia. Le problème, c'est que bon nombre d'archives de l'époque ont été détruites et n'ont pas été numérisées. Ce qu'on sait, c'est que Martha Hodler est devenue folle après le drame. Elle a récupéré sa fille de force à l'ancien hôpital des Cadolles à Neuchâtel et disparu durant plusieurs mois. Des avis de recherches ont été lancés. On a retrouvé sa trace à la fin de l'année 1977, d'abord dans le Valais. Puis elle a déménagé dans le canton de Fribourg. Le dossier des services de protection de l'enfance est passé d'une autorité tutélaire à une autre et, chaque fois, un nouveau magistrat a repris l'affaire. Comme souvent à l'époque, il s'agissait d'administrations communales. Des informations se sont perdues, voire transformées sans qu'on en comprenne la raison. Aujourd'hui, on trouve quatre tombes dans le caveau de la famille Hodler au cimetière de La Tour-de-Trême : Francis, Willy, Matthias et Sophie. L'unique personne à détenir la clé de l'énigme est sans doute Martha Hodler. Selon un rapport lacunaire de l'époque émanant d'un assistant social fribourgeois aujourd'hui décédé, il semblerait que Martha ait eu un troisième enfant, un garçon. Mais on n'en retrouve la trace nulle part.

— Comment s'appelle-t-il? demanda Jemsen.

— Aucune idée.

Ils entrèrent sur l'autoroute Berne-Fribourg à Düdingen, traversèrent la Sarine en amont, contournèrent le chef-lieu et continuèrent en direction de Bulle. Le lac de la Gruyère débordait. L'île d'Ogoz avait presque disparu, ses deux châteaux en ruine semblaient flotter sur les eaux en crue.

L'hôpital psychiatrique cantonal de Marsens était en bordure d'autoroute, posé dans un cadre de verdure, avec une vue imprenable sur les Préalpes. L'OPJ gara la voiture banalisée sur le parking réservé au public. À l'accueil, on les aiguilla vers l'EMS Les Camélias, qui faisait partie du secteur de psychiatrie et de psychothérapie pour personnes âgées.

L'infirmier qui les reçut eut l'air étonné. Flavie lui tendit un document du ministère public fribourgeois qui validait l'audition de Martha Hodler.

— Oh, s'exclama-t-il, je ne remets nullement en doute la procédure. Je vous fais entièrement confiance. À Marsens, nous sommes habitués à recevoir des enquêteurs de tous les cantons, surtout dans les autres secteurs. Mais je vous préviens. Martha fait partie des meubles ici, si vous me passez l'expression. Elle bénéficie d'un de nos quinze lits pour long séjour médicalisé en unité psychogériatrique. Le problème, c'est qu'elle est bientôt centenaire et qu'elle n'a plus toute sa tête.

38

Matthias Hodler fulminait derrière le volant de son gros SUV. Garé devant la boulangerie Overney, il observait le parking de l'hôpital de Marsens et la Subaru aux plaques neuchâteloises. Il n'avait jamais vu le conducteur, ni la femme qui accompagnait les deux hommes. Mais il avait reconnu le procureur Jemsen, ce visage qui faisait les gros titres aux côtés de celui de Mélanie Antoine. Les enquêteurs étaient en train de remonter jusqu'à lui.

C'était inévitable, mais Matthias imaginait jusqu'à présent qu'il avait encore une confortable avance sur eux. Ce n'était manifestement plus le cas. Il devait agir vite.

Il renonça à rendre visite à sa mère. De toute façon, à quoi bon ? Qu'aurait-il pu lui dire ? La dernière fois qu'il l'avait vue, c'était à l'institution de Saint-Maurice, quand il avait dix ans. Elle ne l'aurait même pas reconnu. Après Saint-Maurice, il avait végété de familles d'accueil en familles d'accueil, avec plus ou moins de bonheur, entre celles qui l'avaient aimé et d'autres qui en avaient fait leur esclave personnel.

Quand le scandale des enfants placés avait éclaté au grand jour, Matthias aurait pu demander un dédommagement à la Confédération. Il entrait dans la catégorie de ces victimes qu'on avait retirées à leur mère, parce qu'on la jugeait incapable de s'occuper de ses enfants. L'alcool y était certes pour quelque chose, mais ce qui avait surtout alerté les autorités tutélaires de l'époque, c'est que Martha était seule et qu'elle avait déjà consommé deux mariages. À l'époque, c'était une raison suffisante pour interner les mères célibataires.

Matthias aurait pu prétendre à une confortable indemnité de la Confédération, mais son identité posait un problème. Officiellement, il était mort.

Quand les trois enquêteurs furent sortis de son champ de vision, il alla s'acheter un sandwich et une bouteille d'eau. Il demanda à la boulangère un sac en plastique qu'il jeta aussitôt dans une poubelle en sortant. Ce simple geste lui procura un sentiment de toute puissance, il regretta simplement que la professeure Antoine ne fût pas là pour le voir.

Puis il se remit au volant de sa voiture polluante et démarra. Il regarda l'heure, constata qu'il avait un peu de temps devant lui. Il était inutile d'arriver au sommet du Moléson avant la fermeture du restaurant. Il y aurait trop de monde, trop de témoins potentiels.

Il évita la route de contournement de Bulle et traversa la localité. La zone industrielle et commerciale, puis la vieille ville avec ses pavés, les maisons multicolores et fleuries, le château de style savoyard et une kyrielle de restaurants promettant l'authentique fondue de la Gruyère.

Si son grand-père Francis n'était pas mort durant la seconde mobilisation de 1940, Matthias aurait peut-être grandi dans cette ville à la campagne. Même s'il n'avait jamais vécu ici, il se sentait gruérien dans l'âme. Comme disait le dicton : *Si t'es pas gruérien, t'es rien !*

Matthias poursuivit sa route en direction de La Tour-de-Trême. Il passa devant l'église Saint-Joseph, derrière laquelle se trouvaient le cimetière de la rue des Lilas et les quatre tombes de la famille Hodler. Il hésita à s'arrêter pour se recueillir sur celles de son grand-père et de sa petite sœur, maudire celle de son père et sourire devant la sienne. Il y renonça finalement et continua son chemin en direction de la vallée de l'Intyamon. À la sortie de La Tour-de-Trême, Matthias jeta par la vitre l'emballage en papier de son sandwich et la bouteille en PET.

Perché sur sa colline, le château de Gruyères peinait à se détacher de la grisaille. La météo maussade n'avait pas découragé les touristes, que des cars déposaient en grappes au pied de la vieille cité médiévale.

Par la route du Moléson, Matthias continua le long de l'Albeuve jusqu'au départ des remontées mécaniques et se gara sur le grand parking. Il sortit du coffre son sac de sport, acheta un billet et prit le funiculaire qui se faufile à travers les pâturages jusqu'à la station intermédiaire de Plan Francey. À mi-chemin, il s'arrêta pour boire un verre au restaurant d'altitude, en attendant l'heure de la dernière montée du téléphérique. Les câbles d'acier tiraient des traits parallèles jusqu'au sommet auréolé de brume.

39

Martha Hodler était une vieille dame toute fripée, voûtée dans un fauteuil roulant. Elle somnolait quand l'infirmier lui annonça de la visite.

— C'est Matthias ? demanda-t-elle d'une voix éteinte.

— Non, Martha. Ces gens sont de la police, ils veulent vous poser des questions.

— De la police ? Mais où est Matthias ? Et où sont mes petits-enfants ? Je veux les voir. Au moins une fois avant de mourir.

L'infirmier se tourna vers les trois visiteurs et leur fit signe d'approcher. Quand Martha aperçut Jemsen, elle le regarda avec des étoiles dans les yeux.

— C'est toi, Matthias ?

— Non, répondit-il un peu gêné. Je m'appelle Norbert Jemsen et je suis procureur au ministère public à Neuchâtel.

— À Neuchâtel ? La police ? Il est arrivé quelque chose à Matthias ?

L'infirmier murmura à l'intention des trois intervenants :

— Je ne sais pas pourquoi, mais depuis quelques mois, elle est convaincue que son fils est vivant. Avant, ce n'était pas comme ça.

— Avant quoi ? demanda Garcia.

— Je ne sais pas. J'ignore quel événement a pu lui mettre pareille idée en tête.

Flavie regarda la vieille dame avec pitié. Elle allait bientôt fêter ses cent ans et la greffière s'était livrée à un calcul rétrospectif. Martha avait dix-sept ans de plus que son mari Willy. Elle avait eu ses enfants sur le tard, Matthias à l'âge de quarante-six ans et Sophie à quarante-sept ans. Presque un miracle. Depuis le drame de l'hiver 1977, sa vie n'avait été qu'une longue agonie. Et pourtant, elle s'accrochait à la vie dans l'espoir de revoir son fils défunt.

— Madame Hodler, reprit Jemsen, pouvez-vous nous parler de votre fils ?

— Lequel ?

— Matthias. Vous l'avez revu récemment ?

— J'aimerais bien. Mais il ne veut plus me voir depuis qu'on me l'a enlevé et qu'on l'a placé en institution. Et j'aimerais aussi connaître mes petits-enfants, les enfants de Matthias.

— Comment savez-vous qu'il a eu des enfants ?

Ses yeux s'illuminèrent.

— Des jumeaux. Il a eu des jumeaux.

— Oui, mais comment l'avez-vous appris ?

— La carte...

— Quelle carte ?

Martha désigna péniblement la table de nuit à côté de son lit.

— Dans le premier tiroir.

— Vous permettez ? demanda Garcia.

Il sortit une carte postale qui représentait un couple de bouquetins avec deux bébés. Le commissaire la retourna et examina l'oblitération. Elle datait du mois de janvier de cette année. Le texte était assez succinct, l'écriture plutôt féminine. Il lut à haute voix :

Chère Martha,
Nous ne nous connaissons pas, mais je tiens à vous dire combien je pense souvent à vous. Matthias et moi avons eu des jumeaux, Franck et Will. J'ai hâte de vous les présenter, mais vous savez comment est Matthias. Je vais le convaincre de faire table rase du passé.
Bien à vous,

Sybille

«Franck et Will», répéta Flavie dans sa tête. Elle concevait que Matthias Hodler ait voulu rendre hommage à son grand-père Francis. Mais à son père Willy, c'était pour le moins étonnant. Elle le garda pour elle, mais se dit que Jemsen et Garcia avaient dû se faire la même réflexion.

— Qui est Sybille? demanda le procureur qui connaissait déjà la réponse.

— La femme de Matthias, répondit la vieille dame.

— Et vous ne l'avez jamais vue?

— Jamais. Mais elle est gentille. Elle n'avait aucune obligation de m'envoyer cette carte sans le consentement de Matthias.

Jemsen soupira. Il s'approcha de l'infirmier et lui demanda à voix basse:

— M'autorisez-vous à être direct avec elle?

— Quand il le faut, nous ne prenons pas non plus de gants avec elle. De toutes façons, dans une heure, elle aura tout oublié de cette discussion et elle en reviendra à ses certitudes.

Le procureur se tourna à nouveau vers Martha.

— Madame Hodler, nous savons que votre fils Matthias est mort au Creux-du-Van en 1977. Cette Sybille ne peut donc pas être mariée à votre fils, ni avoir eu des enfants de lui.

— Mais non, s'insurgea la vieille dame. Qu'est-ce que vous racontez? C'est Sophie qui est morte au Creux-du-Van, pas Matthias. Matthias a survécu. Je l'ai récupéré, puis on me l'a enlevé de force pour le placer en institution.

— Dans quelle institution?

— À l'abbaye de Saint-Maurice. Je lui ai rendu visite là-bas, quand il acceptait encore que je vienne le voir.

La discussion tournait en boucle. L'OPJ vint à la rescousse de Jemsen.

— Martha...

— C'est toi, Matthias? l'interrompit-elle en le dévisageant.

— Non, je suis le commissaire Daniel Garcia. Martha, nous avons appris que vous avez eu un enfant d'un premier mariage. Comment s'appelle-t-il?

Le visage de la vieille dame se referma, son regard vira à la folie.

— Ah non ! s'exclama-t-elle. De lui, je refuse de parler. Je ne prononcerai jamais son nom. Il a détruit ma vie et je ne veux plus en entendre parler. Le diable s'est emparé de lui et il peut brûler à jamais *dans l'étang de feu et de soufre*. Partez ! Maintenant ! Et ne revenez plus jamais !

— *Apocalypse* 20:10, murmura l'infirmier. Martha cite souvent la Bible et quand c'est le cas, c'est le signe que vous n'en tirerez plus rien. Je crois qu'il est effectivement plus sage que vous partiez.

40

« Et le diable, qui les séduisait, fut jeté dans l'étang de feu et de soufre, où sont la bête et le faux prophète. Et ils seront tourmentés jour et nuit, aux siècles des siècles. »

Le verset de l'*Apocalypse* résonnait en boucle dans la tête de Flavie. La greffière ne parvenait pas à effacer de son esprit le visage tourmenté de Martha Hodler.

Dan Garcia avait arrêté la voiture au restaurant de la Croix-Blanche au Mouret, un petit village au sud de Fribourg. On y servait les produits du fromager d'en face, dont le gruyère avait été médaille d'or 2016 au *World Championship Cheese Contest* qui se tient tous les deux ans à Madison, Wisconsin. Le menu promettait un sommeil perturbé : dégustation de fondue au vacherin en entrée, fondue moitié-moitié en plat et meringue double crème en dessert.

Flavie décida de faire l'impasse sur l'entrée. Elle avait laissé Jemsen et Garcia dans la salle dédiée au fromage, décorée de boiseries et de cloches de vaches. Dehors, dans la brume qui recouvrait le district de la Sarine, elle faisait les cents pas, téléphone à la main. Elle attendait un appel.

— Tanja ? demanda le commissaire en plongeant sa fourchette dans le caquelon.

— Probablement, répondit le procureur. Flavie reste assez secrète quand il s'agit de son cœur.

Le serveur remplit leurs verres de chasselas du Vully et s'éclipsa discrètement en cuisine.

— À ce propos, reprit Jemsen, n'aviez-vous pas quelque chose à me dire?

Garcia marqua une pause en s'essuyant la bouche, comme s'il cherchait à gagner du temps pour trouver les mots.

— J'ai parlé à mon collègue Kneuss, ce matin avant la réunion. Les Vaudois ne sont encore sûrs de rien... Ils attendent de nouvelles analyses du sang retrouvé sur le pont du bateau à Morges...

— Et?

— Et il se pourrait que ce ne soit pas le sang du fils de Tanja.

Le téléphone vibra, appel masqué, Flavie décrocha.

— Salut ma belle, dit Tanja. Tu as les infos sur les empreintes que je t'ai envoyées?

— Oui, répondit la greffière, Garcia m'a donné la réponse tout à l'heure. C'est négatif. Aucun hit dans la base de données AFIS. Idem dans l'espace Schengen.

— Merde.

Il y eut un bref silence, soudain interrompu par la voix d'un enfant. Flavie eut l'impression d'entendre le mot «maman».

— C'est qui? demanda-t-elle.

— C'est rien, répondit Tanja. Un gamin qui passe à côté de moi. Je suis dans un café.

On n'entendait aucun bruit de fond.

— Écoute, ma belle, reprit Tanja, j'ai une autre piste, mais je te demande la plus grande discrétion.

— Tu sais que tu peux compter sur moi, mon amour.

— Ce couple Bernheim voyage probablement sous une fausse identité. J'ai découvert qu'ils s'expriment avec un accent balkanique. Ils pourraient en réalité être albanais ou kosovars. Penses-tu que tu pourrais demander un service à Jemsen?

— Dis toujours.

— Nous savons, toi et moi, qu'il était en mission au Kosovo avant d'occuper son poste de procureur. Tu sais comment ça se passe, dans ce genre de pays. On fait copain-copain et on s'entraide sans trop de formalisme. Est-ce que Jemsen pourrait activer informellement l'agent de liaison des Balkans et lui demander de comparer ces empreintes avec les fichiers des pays concernés ?

— Lesquels ?

— Albanie, Kosovo, Bosnie et Macédoine.

— Je vais essayer, répondit Flavie. Mais en échange, mon amour, c'est à mon tour de te demander un service.

41

Culminant à plus de deux mille mètres, le sommet du Moléson offre d'ordinaire le panorama le plus complet de Suisse romande, du lac Léman au Mont-Blanc et de la région des trois lacs aux Alpes de l'Oberland bernois. Mais ce soir, la météo capricieuse masquait la vue. La bruine attaquait la couche de neige qui recouvrait le sommet.

Matthias était assis à la terrasse du restaurant, la petite Greta Aebischer sur les genoux, son fusil à pompe appuyé contre une table en bois. La fillette de deux ans pleurait discrètement. La poudre avait déjà parlé trois fois. Pour faire taire ses parents et le gars des remontées mécaniques qui avaient tenté de s'interposer.

Matthias et Greta étaient désormais seuls au sommet. Ils grelottaient tous les deux, mais Matthias ne s'en rendait même pas compte. Il était perdu dans un monologue qui échappait à la compréhension de l'enfant.

— Tu vois, disait-il, ce monde est rempli de contradictions. On oppose le progrès et l'écologie, alors que les écolos utilisent le progrès pour le combattre. C'est fou, non?

Il passa ses pouces sur les joues de la fillette pour essuyer ses larmes.

— Les écolos dénoncent la déforestation en imprimant des milliers d'affiches et de tracts. Ils fustigent les GAFA mais ils utilisent Facebook. Alors qu'il leur suffirait de monter jusqu'ici – à pied ou en VTT, évidemment – pour jouir de la nature qu'ils chérissent tant. Regarde cette vue, c'est incroyable non ? Toi, tu habites là-bas.

Il indiqua la direction de Bulle, mais la mer de brouillard empêchait même de voir les lumières de la Gruyère.

— Quelle idée ont eu tes parents de te prénommer ainsi ! Tu n'y peux rien, évidemment. C'est ce qu'on appelle un mauvais coup du sort. Greta...

Un vol de ligne apparaissait et disparaissait entre les nuages.

— Tiens, regarde, même la petite Thunberg prend l'avion pour sillonner la planète de long en large et défendre sa cause. Je suis sûr que ses parents ont une voiture. À essence ou électrique, même combat. L'élimination des batteries est tout aussi polluante que les énergies fossiles, mais ils s'assoient dessus, tant qu'on parle de leur enfant prodige.

Matthias se retourna et désigna le restaurant derrière eux en souriant.

— Tes parents n'avaient rien d'écolos convaincus, j'en suis sûr. Sinon, ils n'auraient pas servi les boissons dans des gobelets en plastique avec des pailles. Et pourtant, ils t'ont affublé de cet affreux prénom. Je ne comprends pas...

Il haussa les épaules et conclut :

— Les mystères de la vie... Bon, ce n'est pas tout, il faut que je prenne congé de toi et que je trouve un moyen de redescendre. En luge, à vélo ou à pied, je trouverai. Au revoir, petite Greta. On se reverra très bientôt de l'autre côté du miroir, je te le promets.

Il déposa la fillette à côté de lui et prit son fusil à pompe. L'arme sentait encore la poudre brûlée. Trois coups de feu avaient déjà retenti et brièvement éclairé l'intérieur du restaurant. Le quatrième illumina le sommet du Moléson. La détonation résonna aux quatre vents. Un nuage rouge se mêla à la brume ambiante et retomba en fines gouttelettes sur la neige cartonnée qui recouvrait la terrasse.

Quatrième jour

42

Les visages étaient sombres dans la salle du BAP. Par vidéoconférence, le procureur fribourgeois Fabien Barboni venait de terminer l'exposé du quadruple assassinat du Moléson sur une nouvelle image du meurtrier prise par les caméras du sommet gruérien. Les enquêteurs vaudois et bernois suivaient aussi la séance à distance. Tous reconnurent Matthias Hodler. La police fribourgeoise avait été avisée au milieu de la nuit par la femme de l'employé des remontées mécaniques, inquiète de ne pas avoir vu son mari rentrer à la maison à la fin de son travail. Les investigations scientifiques étaient en cours.

Garcia résuma ensuite la visite de la veille à Martha Hodler.

— Notre service forensique a procédé à une recherche de traces sur la carte postale envoyée par Sybille Hodler. Comme il fallait s'y attendre, c'est négatif. Trop de monde a touché cette carte et même l'envers du timbre n'a pas permis d'établir un profil ADN. Il faut dire que depuis l'avènement des timbres autocollants, la période bénie de l'ADN au dos du timbre à lécher est révolue. L'oblitération de la carte ne nous a rien appris non plus. Depuis longtemps, les cachets postaux ne sont plus apposés dans les offices régionaux et le centre de tri d'Éclépens couvre une trop grande zone en Suisse romande. Quant à l'écriture, elle semble féminine, mais ce n'est qu'une hypothèse. Cela dit, en cas d'identification de cette prétendue Sybille Hodler, on disposera d'un échantillon de comparaison.

— Pourquoi «prétendue»? demanda le procureur vaudois Nicod.

— Parce que comme Matthias, Sybille Hodler ne figure nulle part dans les registres de recensement. Pas plus d'ailleurs qu'il n'y a de trace d'un quelconque mariage entre ces deux personnes. Officiellement, Sybille Hodler n'existe pas.

— Peut-être qu'elle est étrangère, suggéra la procureure Arn. Ou que le mariage a été enregistré à l'étranger.

— Peut-être, admit Garcia. Nous vérifierons via Interpol et les CCPD. Mais nous avons une autre préoccupation: nous ne parvenons pas à identifier l'enfant que Martha Hodler aurait eu d'un premier mariage.

— Comment est-ce possible? demanda le procureur Barboni.

— Parce que ce sont des données qui remontent à plus de cinquante ans, que l'enregistrement de ces données n'était pas aussi rigoureux à l'époque qu'aujourd'hui, surtout dans les campagnes, et qu'on touche à la problématique des enfants placés. Beaucoup d'entre eux ont connu des changements d'identité sans qu'on ne puisse en tracer l'historique. Les archives des autorités tutélaires, si tant est qu'elles aient été correctement documentées à la base, ont souvent été détruites après quelques décennies. Mais nous allons tenter de reconstituer le dossier de la famille Hodler.

La porte de la salle de conférence s'ouvrit. Les têtes se tournèrent. Le procureur Sylvain Kornisch entra à la manière d'un souverain dans son château.

— Vous pouvez mettre un terme à cette séance, annonça-t-il d'un ton autoritaire.

Des points d'interrogation apparurent dans les yeux des enquêteurs.

— Pour quelle raison? demanda aimablement Jemsen en se levant.

— Parce que vous êtes dessaisi de l'affaire.

Il y eut un moment de silence. Puis Jemsen se tourna vers l'écran et dit à ses collègues des autres cantons:

— Apparemment, nous avons un petit problème interne à résoudre. Veuillez nous excuser. Nous vous recontacterons.

Les procureurs Barboni, Nicod et Arn comprirent la situation, saluèrent l'assemblée et se déloguèrent. Jemsen regarda Kornisch.

— De qui émane cette décision ? Le conseil de la magistrature n'a encore pris aucune décision à mon égard, à ce que je sache. Je n'ai d'ailleurs pas encore été entendu.

— Le conseil n'a rien à voir, répondit le magistrat. C'est le procureur général qui m'a demandé de reprendre ce dossier.

— Je n'ai pas été prévenu.

— Vous le serez. En attendant, je reprends les rênes.

— Dans ce cas, intervint Garcia sur un ton acide, nous vous invitons à prendre place autour de cette table.

Kornisch le dévisagea de façon hautaine.

— Mais pour qui me prenez-vous, commissaire ? Je ne suis pas à la botte de la police. Il faut d'abord que je lise le dossier et que je m'en imprègne. Quand je l'estimerai nécessaire, je vous ferai signe. Au revoir, messieurs.

43

Matthias était rentré au milieu de la nuit, transi de froid. Le chauffage du gros SUV avait à peine suffi à calmer ses grelottements. Il s'était mis au lit en veillant à ne pas réveiller Sybille et les jumeaux. Dans le noir de la chambre à coucher, il avait entendu sa femme pleurer, mais il avait feint de dormir, trop fatigué pour affronter ses états d'âmes et ses remontrances.

Matthias se leva vers neuf heures. Franck et Will dormaient encore. Il n'avait pas entendu Sybille se relever pour les allaiter au petit matin. Il prit une douche, s'habilla, rejoignit sa femme dans la cuisine et tira un café.

— Tu es rentré tard, cette nuit, lui dit-elle sur un ton empli de reproches.

— Beaucoup de travail, s'excusa-t-il.

Sybille frottait nerveusement une casserole dans l'évier. Elle avait dû laisser brûler le dîner de la veille.

— Tu étais avec elle ? demanda-t-elle.

— Qui ça ?

— Ta prof d'uni.

— Bien sûr que non.

— Avec quelle autre pouffe, alors ?

— Personne. Je bossais, je t'ai dit.

Il avala son café d'un trait, en regardant les nouveaux sacs de couches sur la table de la cuisine. Il ne fit aucun commentaire.

— Je suis allée la voir, tu sais.
— Qui ?
— Mélanie Antoine.
Matthias sentit une vague de colère le submerger, mais il parvint à se contenir. Il répondit calmement :
— Pourquoi ?
— Je voulais savoir à quoi elle ressemblait en vrai. Pas seulement sur les photos des journaux. C'est une belle femme.
— C'est une idiote.
— Dans ce cas, pourquoi suis-tu ses cours ?
— Je te l'ai dit : pour lui ouvrir les yeux.
— Je doute que tu y parviennes. Elle m'a donné l'impression d'être forte.
— Derrière chaque force se cache une faiblesse.
Il fit mine de prendre un paquet de couches.
— Que fais-tu ? demanda Sybille.
— Je vais les ranger dans l'armoire avec les autres.
— Je m'en occuperai.
— Comme tu voudras.
Il se tira un autre café, embrassa sa femme dans le cou et gagna son bureau.

La liste des Greta qu'il avait recensées s'amenuisait. Matthias parcourut rapidement les avis de naissance. Il en trouva trois, à Zurich, à Saint-Gall et aux Grisons, et les enregistra à tout hasard. Aucun en Suisse romande.

Dans l'immédiat, il ne s'imaginait pas étendre son terrain de chasse à la Suisse alémanique. La frontière linguistique était plus forte dans son esprit que celle, bien réelle, avec la France. L'improvisation parisienne lui avait ouvert des perspectives et donné l'idée de s'intéresser au Doubs, à l'Ain et à la Haute-Savoie. Si la police s'approchait trop près de lui, il avait déjà envisagé de recommencer une nouvelle vie, avec une nouvelle identité, dans l'un de ces départements limitrophes. Convaincre Sybille de le suivre ne serait pas un problème. Elle ne se sentait pas bien ici et ne serait pas plus déracinée en France qu'à Neuchâtel.

Matthias se logua sur le darknet et ouvrit son profil *Lovenature*. Une surprise l'attendait, un message non lu. Il émanait de Greta Chapuis, l'étudiante universitaire de Moutier.

Bonjour, désolée de ne pas avoir répondu plus tôt à vos messages. Je préparais mes examens de droit. Pffff... pas les plus faciles. Droit constitutionnel et droit administratif. Vous devez connaître, vu vos messages. Heureusement, c'est maintenant derrière moi et je vais enfin pouvoir me consacrer un peu plus à Chrysomallos. Vous connaissez ? La quête de Jason, la toison d'or. Chrysomallos était un bélier. Pas courant de donner le nom d'un bélier à un cheval, non ? C'est parce que je suis jurassienne dans l'âme.

Le message se terminait par un smiley. Matthias répondit tout de suite. Greta Chapuis aussi. Elle était en ligne. Une discussion entre les deux amoureux du droit, des chevaux et de la nature s'engagea.

44

Garcia ouvrit un paquet de sugus et en offrit à Jemsen et Flavie. Le commissaire en avait toujours un pot à côté de son ordinateur. Pourtant, il était fin et musclé pour un quinquagénaire. Il ne faisait pas son âge. Il s'entretenait en pratiquant la boxe et le crossfit.

— Qu'est-ce qu'on fait, maintenant ? demanda le procureur.

— Sauf votre respect, répondit l'OPJ, vous êtes hors course. Mieux vaut que vous ne preniez aucun risque.

La greffière regarda Jemsen et acquiesça.

— Je ne sais pas comment mon collègue Kornisch a fait pour convaincre le procureur général de me retirer l'affaire.

— La question n'est pas là, répondit Garcia. Vous l'apprendrez en temps utile. Le plus urgent, c'est d'identifier et de retrouver le troisième enfant de Martha Hodler.

— Qu'est-ce que vous proposez ?

— À vous, rien. Vous n'êtes plus habilité à signer des mandats.

— Au point où j'en suis, je pourrais les antidater, suggéra Jemsen en souriant.

Il ignora le regard désapprobateur de Flavie.

— Inutile de prendre un tel risque, répondit le commissaire.

— Nous avons fait bien pire ces deux dernières années.

— Et jusque-là, nous avons eu la chance de passer entre les gouttes. Mais ce n'est pas une raison pour forcer le destin.

En revanche, je ne vais pas attendre sagement, le cul rivé sur cette chaise, que cet imbécile de Kornisch prenne son temps pour lire le dossier. Je propose que votre greffière m'accompagne à l'abbaye de Saint-Maurice.

— Et moi ?

— Rentrez chez vous.

— Je pourrais vous accompagner incognito.

— Avec votre portrait en Une de tous les médias suisses ? Vous rigolez !

Jemsen se rendit compte que Garcia avait raison.

— Comment justifierez-vous la présence de Flavie ?

— Kornisch n'a pas besoin de le savoir. De toute façon, je ne vais pas l'informer de ce déplacement. Nous ne procéderons pas à des auditions formelles, inutile d'aviser le ministère public valaisan. Par sécurité, je téléphonerai à mon homologue de la police cantonale à Sion. J'ai pleine confiance en sa discrétion. Dans l'institution, je présenterai Flavie comme une inspectrice, sans citer son nom. Ça devrait passer inaperçu.

— Vous pourriez y aller avec un de vos hommes. Pourquoi Flavie ?

— Parce qu'elle connaît l'affaire aussi bien que vous et moi. Et si, comme je l'espère, l'abbaye de Saint-Maurice conserve ses archives mieux que l'État et que nous trouvons ce que nous cherchons, votre greffière pourrait se révéler un précieux sésame pour ouvrir les portes des autorités tutélaires concernées.

Jemsen traversa le bureau du chef des stups et s'approcha de la fenêtre. La pluie rendait la cuvette de Vauseyon encore plus maussade qu'elle n'était d'habitude.

— OK, conclut-il après réflexion. Faites comme ça. Mais moi, il est hors de question que je me tourne les pouces en attendant de vos nouvelles. J'ai une idée.

— Qu'allez-vous faire ?

— Je vais me rendre à l'université pour voir Mélanie.

— Je croyais qu'elle avait été mise à pied, dit Flavie.

— L'information n'a pas été rendue officielle. Je vais utiliser ce prétexte pour tenter de me renseigner discrètement sur Matthias Hodler.

— C'est un jeu dangereux, dit Garcia. Votre liaison, elle, a été rendue publique.

— Et je vais m'en servir, justement. Ils ne seront pas surpris de me voir. Après tout, je n'ai pas vu Mélanie depuis hier matin.

— Elle n'a pas dormi chez vous cette nuit?

— Non. Nous ne nous voyons pas tous les jours. Et suite aux révélations de la presse, elle avait des choses à régler avec son mari. Je vais jouer les amants éconduits.

— N'en faites pas trop, tout de même, lui conseilla sa greffière.

Il lui sourit.

— Vous me connaissez, Flavie.

— C'est bien ce qui me fait peur. Et je ne serai pas là pour vous chaperonner.

45

En entrant au 26 de l'avenue du Premier-Mars, Jemsen éprouva une étrange sensation, comme un étudiant qui accède le premier jour au sanctuaire du graal. Sauf que l'Université de Neuchâtel ne faisait pas partie des souvenirs du procureur. Ce n'était qu'une pièce égarée du puzzle de son passé recomposé.

Jemsen savait que tôt ou tard, son passé le rattraperait. Comme ces savants célèbres dont les statues plastronnaient encore en ville ou dans le grand hall de marbre : Louis Agassiz, raciste et créationniste, David de Pury, esclavagiste… Le passé revenait toujours, comme un boomerang.

Jemsen monta au secrétariat du premier étage. Une dame d'un certain âge l'accueillit avec un grand sourire.

— Bonjour Norbert.

Il ne la connaissait pas. Un malaise s'installa.

— Bonjour…

— Mary-Claire ! essaya-t-elle de lui rappeler. Tu ne te souviens pas de moi ? J'étais déjà à ce poste quand tu étais étudiant, puis assistant du professeur Wessner.

— Mary-Claire ! feignit-il de se souvenir. Oui, bien sûr. Excuse-moi. J'ai subi un petit accident il y a deux ans et…

— L'attentat de la place des Halles, je sais. J'ai suivi l'affaire dans les journaux.

— C'est ça. J'en garde quelques séquelles au niveau de la mémoire.

— Je comprends. Quelle tragédie ! La ville s'en remet à peine. Qu'est-ce que je peux faire pour toi ?

Elle tourna la tête, s'assura que ses collègues du secrétariat ne l'écoutaient pas et reprit à voix basse :

— Tu viens voir la professeure Antoine ?

— Oui.

— La pauvre, murmura Mary-Claire. La décision du rectorat était un peu abrupte. Je ne l'ai pas vue ce matin, mais elle est peut-être dans son bureau. Je sais qu'elle n'a pas eu le temps de tout déménager hier. Tu sais où il se trouve ?

— J'y suis déjà venu une fois.

Jemsen se remémora cette fin de journée où Mélanie et lui s'étaient enfermés dans son bureau. Leurs ébats avaient froissé des livres et des feuilles volantes. La professeure avait eu toutes les peines du monde à remettre ses cours dans le bon ordre.

— J'y vais tout de suite, reprit-il. Mais avant, pourrais-tu me rendre un service ? Je cherche des infos sur un étudiant.

— Comment s'appelle-t-il ?

— Matthias Hodler.

Mary-Claire tapota sur son clavier.

— Son nom n'apparaît pas dans le registre.

L'information confirmait ce que lui avait dit Mélanie. Jemsen sortit une photographie.

— Tu le reconnais ?

— Jamais vu. Il a l'air vieux pour un étudiant. Mais il est assez fréquent que des quidams suivent des cours à l'université sans s'inscrire.

Le procureur remercia la secrétaire et regagna les couloirs.

Il se dirigeait vers le bureau de Mélanie Antoine quand son téléphone se mit à vibrer. C'était Flavie. Il décrocha.

— Vous avez trouvé quelque chose ? demanda-t-il.

— Nous venons d'arriver à Saint-Maurice. Mais ce n'est pas pour ça que je vous appelle. Où êtes-vous ?

— À l'université. Pourquoi ?

— Matthias Hodler est actuellement en ligne avec Greta Chapuis. Ils ont échangé des messages et ils se sont donné rendez-vous à l'université.

— Comment est-ce possible ? s'étonna Jemsen. J'ai cru qu'elle était sous protection policière.

— C'est que...

La greffière hésita, puis reprit :

— ... ce n'est pas Greta Chapuis qui discute avec Hodler. J'ai demandé un petit service à Tanja. Elle s'est infiltrée dans le darknet et se fait passer pour l'étudiante bernoise.

— Vous auriez pu m'en parler.

— Je suis désolée, je ne pensais pas que Hodler mordrait si vite à l'hameçon. Je viens de le dire à Dan Garcia. Il envoie des renforts à l'université pour tenter de l'interpeller.

46

Enchâssée dans son défilé, la ville de Saint-Maurice marque, dans l'esprit des visiteurs, la porte d'entrée du canton du Valais. Mais c'est oublier que le Valais commence au bout du lac Léman et que le Chablais n'est pas entièrement vaudois. Garcia gara la Subaru devant l'abbaye.

Construite au pied d'une impressionnante falaise parcourue de nombreuses grottes, dont la célèbre grotte aux Fées, l'abbaye fut fondée en 515 sur la tombe des martyrs de la légion thébaine. La légende raconte que ce massacre avait été ordonné par l'empereur romain Maximien, qui reprochait à ses officiers, eux-mêmes chrétiens, d'avoir refusé d'exterminer leurs semblables. L'abbaye de Saint-Maurice est le plus ancien monastère d'Occident en activité. À l'origine, les frères capucins y avaient été envoyés de Thonon par François de Sales, afin de prêcher le catholicisme dans le Chablais et repousser le protestantisme hors du Valais. L'abbaye renferme toujours un trésor et abrite encore aujourd'hui un collège, dirigé par les chanoines.

En pénétrant dans l'enceinte de l'institution religieuse, Garcia eut une pensée pour son ancien collègue. Orphelin, Michaël Donner avait grandi à l'abbaye de Saint-Maurice. Le commissaire en vint à se demander si Mike y avait croisé Matthias Hodler.

Flavie et Garcia furent reçus par le frère Anselme, préfet de l'internat. Le chanoine les conduisit à travers le cloître, jusqu'à son bureau, dans un bâtiment jouxtant la basilique. Par la fenêtre, on voyait le clocher qui s'élevait contre l'abrupte paroi rocheuse. Entre la falaise et le bâtiment, on avait tendu un treillis métallique pour protéger les murs et les vestiges archéologiques des chutes de pierres.

Le Frère Anselme prit place derrière son bureau et invita ses visiteurs à s'asseoir. Il leur proposa un café, ils déclinèrent. Puis il sortit un document d'un tiroir et le leur tendit.

— C'est tout ce que j'ai pu retrouver dans les archives, dit-il.

Garcia le prit et le lut. C'était une décision de placement émanant de l'autorité tutélaire de la ville de Bulle, ordonnant le transfert de Matthias Hodler à l'internat de Saint-Maurice. Elle était datée de la fin de l'année 1977. Les motifs étaient succinctement résumés, on comprenait entre les lignes qu'en raison de son alcoolisme et de son veuvage, Martha Hodler avait été jugée inapte à élever son fils.

— Vous avez connu Matthias ? demanda le commissaire.

— Très peu. J'étais un jeune chanoine à l'époque et je venais d'arriver dans l'abbaye. Mais je m'en souviens. C'était un garçon charmant et discret. Il se tenait souvent à l'écart des autres. Je crois qu'il était un peu leur tête de turc. À l'époque, le père Bertrand avait dû intervenir plusieurs fois pour le sortir d'un mauvais pas. Il avait pris Matthias sous son aile.

— Où est le père Bertrand aujourd'hui ?

— Il est mort. Matthias a d'ailleurs quitté l'institution peu après le drame et a été placé dans une famille d'accueil.

— Quel drame ?

Le père Anselme parut embarrassé.

— Vous savez, finit-il par dire, cette abbaye a une histoire fascinante, mais elle a aussi sa part d'ombre. Il semblerait que le père Bertrand ait abusé de Matthias et d'autres enfants. Aujourd'hui que ce genre d'affaires éclate au grand jour, l'église est régulièrement éclaboussée par des scandales. On se dispenserait volontiers de ce genre de publicité.

— Le père Bertrand a été condamné lui aussi ?

— Non. Il n'y a pas eu de jugement.

— Pourquoi ?

— Parce qu'il s'est suicidé avec un fusil de chasse avant le début de l'enquête. Personnellement, je n'ai jamais cru à un suicide. Mais j'étais un novice à l'époque et on m'a vite fait comprendre que cette version entacherait moins la réputation de l'abbaye qu'une histoire d'abus sexuels. L'affaire a été classée.

— Vous soupçonnez un élève de l'avoir tué ? Matthias ?

— Matthias ou un autre, quelle importance ? Ils n'étaient que des enfants que la vie n'avait pas épargnés. À quoi bon leur coller encore une étiquette de meurtrier sur le dos ? C'est ce qu'on m'a fait comprendre. Peut-être à raison, peut-être à tort. Celui qui a tiré n'a fait que se protéger et protéger les autres. Seul Dieu peut le juger. Pour cet enfant et pour l'église, il était sans doute préférable d'étouffer l'affaire.

— Savez-vous ce qu'est devenu Matthias aujourd'hui ?

— Non. Comme je vous l'ai dit, il a été placé dans une famille d'accueil. J'ai entendu dire que ça ne s'est pas très bien passé et qu'il a été transféré d'un foyer à l'autre. Mais je ne l'ai jamais revu. Vous auriez probablement plus de chance en consultant le dossier de l'autorité tutélaire, mais je me souviens qu'un jour, le père Bertrand a reçu une visite du préfet qui a signé la décision de placement. Il disait que le dossier avait transité par plusieurs cantons, que c'était le fouillis, que la mère de Matthias était très virulente, qu'elle voulait à tout prix récupérer son fils, et que le dossier était truffé d'incohérences. Le pauvre avait l'air de ne pas y comprendre grand-chose.

On entendit des vibrations. C'était le téléphone de Flavie. Elle regarda l'écran. Jemsen la rappelait.

47

La porte du bureau de la professeure Antoine était entrouverte. Un rai de lumière filtrait dans le couloir. L'université était silencieuse, les autres portes closes, les cours battaient leur plein. On entendait le clapotis de la pluie sur le toit.

Jemsen frappa et appela :

— Mélanie ?

Il n'obtint aucune réponse, qu'un froissement de feuilles de papier.

Il poussa la porte et se trouva nez à nez avec une silhouette encapuchonnée qui fondit sur lui. Le choc fut violent, le procureur tomba à la renverse et heurta le sol avec l'arrière du crâne. Il eut à peine le temps de voir l'intrus passer au-dessus de lui et prendre la fuite.

Quand Jemsen se releva, il constata que le bureau de Mélanie avait été fouillé de fond en comble.

Son sang ne fit qu'un tour, il se retourna et se lança à la poursuite du voleur.

Un cri monta de l'escalier central du bâtiment. Jemsen se précipita dans cette direction, aperçut une jeune fille tétanisée contre la rambarde. Le fuyard l'avait bousculée sans ménagement, le contenu de son sac à main s'était répandu sur les marches. La silhouette noire disparut dans les couloirs du rez-de-chaussée.

Le procureur descendit les marches quatre à quatre, passa à côté de l'étudiante médusée et gagna le corridor central. Il ralentit, regarda à gauche, à droite, vit le spectre foncer vers la sortie ouest. Il reprit sa course.

Le cri avait alerté des professeurs, les portes des salles de cours s'ouvraient, des têtes apparaissaient dans l'entrebâillement, points d'interrogation dans les yeux.

Le fuyard perdit une demi-seconde, le temps que la porte automatique s'ouvre. Jemsen grignota quelques mètres. Quand il franchit la porte déjà ouverte et se retrouva sous la pluie, il aperçut l'intrus en train de courir en direction des Jeunes-Rives.

Ils traversèrent l'un après l'autre la rue des Beaux-Arts, poursuivirent rue Coulon. La pluie rendait la chaussée glissante. Jemsen faillit tomber à deux reprises, mais sa cible n'en menait pas plus large. À l'intersection du quai Léopold-Robert, deux voitures de gendarmerie arrivèrent en sens interdit depuis la ville. À la vue du fuyard, elles allumèrent sirènes et gyrophares. Le procureur comprit que c'était les patrouilles envoyées par Garcia.

Le fugitif faillit en percuter une, la contourna, perdit encore un peu de terrain. Jemsen en profita et redoubla d'effort.

Sur les Jeunes-Rives, la silhouette noire coupa en diagonale le vaste espace de terre battue où on dresse en juin la grande tente de Festi'neuch. Mal lui en prit. Il dérapa et tomba lourdement sur le ventre.

Jemsen le rattrapa et plongea sur lui au moment où il s'apprêtait à se relever.

Les deux hommes roulèrent sur le sol détrempé. Le procureur se retrouva sur le dos du fuyard et le plaqua, tête dans la boue rougeâtre. Presque immédiatement, il sentit deux bras le saisir par derrière et le relever. Quand il se retourna, il vit un gendarme. Deux de ses collègues s'occupaient déjà de maîtriser l'intrus au sol et de lui passer les menottes dans le dos.

— Je suis le procureur Jemsen, dit-il en essayant de reprendre son souffle.

Le premier gendarme le reconnut et le lâcha.

— Toutes mes excuses, monsieur le procureur. Je ne vous avais pas reconnu.

— Ce n'est pas grave, lâcha-t-il en appuyant ses mains sur ses genoux.

Il avait l'impression que ses poumons allaient exploser. Il respira profondément et ajouta :

— Arrêtez cet homme.

Un des gendarmes maintenait l'homme menotté au sol, son collègue téléphonait à la centrale pour confirmer l'interpellation, Jemsen s'éloigna de quelques mètres et appela sa greffière.

— C'est bon, Flavie, dit-il sans s'annoncer. Nous l'avons.

— Matthias Hodler ?

— Oui. Nous l'avons arrêté.

Il y eut un bref silence, puis la greffière répondit :

— Attendez un instant, j'ai un double appel.

De longues secondes s'écoulèrent, puis Flavie reprit :

— Ce n'est pas lui.

— Quoi ?

— Vous n'avez pas pu arrêter Hodler.

— Mais qu'est-ce que vous dites ?

— Ce n'est pas possible. Je viens de parler à Tanja. Elle est actuellement en ligne avec lui, il continue d'échanger des messages avec Greta Chapuis.

48

À l'abri d'un arbre du quai Léopold-Robert, Matthias Hodler regardait la scène d'un œil mi-amusé, mi-agacé. Il souriait intérieurement d'avoir vu ce procureur transformé en flic de terrain, à la poursuite d'un leurre. Et il fulminait à l'idée d'avoir été piégé par Greta Chapuis. Il avait fait preuve de naïveté en croyant à la sincérité des messages de l'étudiante. Elle ne perdait rien pour attendre. Mais l'idée qu'elle vive encore un peu dans la peur, avec une menace fantôme sur ses épaules, le réjouissait.

Matthias éprouva un plaisir certain à lui récrire quelques messages et à lire les réponses que devait lui souffler la police.

— *Je t'ai attendue à notre rendez-vous, mais tu n'étais pas là. T'es-tu moquée de moi ?*

— *Non, pas du tout. Je suis arrivée en retard, mais tu n'étais plus là. J'espérais qu'un gentleman fasse preuve de patience.*

— *J'accepte l'excuse.*

— *Désolée, vraiment. On remet ça ? Et cette fois, promis, je serai à l'heure.*

— *Il faut que je réfléchisse.*

— *Ne réfléchis pas trop longtemps.*

— *Ce sera à toi de faire preuve de patience. Belle journée.*

Et Matthias mit un terme à la session sans attendre de nouvelle réponse de Greta. C'était lui qui dictait les règles du jeu. Pas elle. Ni la police.

49

— Il vient de se déloguer, dit Flavie à Jemsen.

— Tanja a réussi à le localiser ?

— Elle y travaille. Il faut lui faire confiance, elle y arrivera. Mais avec le darknet, ce n'est pas facile.

— Très bien. Tenez-moi au courant.

Le procureur remercia sa greffière et mit un terme à la communication.

Les gendarmes avaient aidé l'interpellé à se relever. Ses habits noirs étaient, comme ceux de Jemsen, maculés de terre battue. Les gendarmes procédaient à une fouille corporelle.

— Il n'a pas d'arme sur lui, dit l'un d'eux en voyant le procureur s'approcher.

— Ce n'est pas Matthias Hodler, répondit Jemsen. Qui est-ce ?

— Il n'a pas de papiers sur lui, mais nous allons vite le savoir.

Le procureur se déplaça en face de l'interpellé. Un des gendarmes rabattit sa capuche. Jemsen reconnut Robin Mizel.

— Que faites-vous ici ? lui demanda-t-il.

— Les Français m'ont relâché, répondit l'extrémiste climatique.

— Je vois ça. Mais ce n'est pas le sens de ma question.

Mizel continua de louvoyer.

— Ils ont fait preuve de compassion, pour que je puisse enterrer ma fille.

— Cela n'explique pas ce que vous cherchiez dans le bureau de Mélanie Antoine.

Mizel hésita.

— Je vous l'ai déjà dit à Paris, je ne suis pas une balance.

— Là, il n'est plus question d'action climatique et de protection de vos petits camarades de jeu, s'énerva Jemsen. On parle de l'assassinat de votre fille et de trois autres personnes prénommées Greta. Une quatrième est menacée et probablement bien d'autres encore. Alors, je répète ma question : que cherchiez-vous dans le bureau de Mélanie Antoine ?

Mizel se mit à pleurer.

— Mon bébé est mort, putain ! Et ma femme est à Préfargier, parce que les médecins ont peur qu'elle se suicide. Je n'ai rien fait pour mériter ça, rien ! Je veux seulement comprendre.

— Comprendre quoi ?

— Pourquoi Mélanie a insisté pour que j'aille à Paris à sa place ! Moi, je voulais rester ici, avec mon bébé.

Jemsen s'éloigna et ressortit son téléphone. Il tenta de joindre Mélanie, mais tomba sur sa messagerie.

Quand il se retourna vers Robin Mizel et vers les gendarmes qui semblaient attendre tous les trois ses directives, Jemsen vit arriver une autre voiture de la police neuchâteloise. Deux hommes en civil accompagnaient le chauffeur. Jemsen pâlit en reconnaissant Sylvain Kornisch et son greffier.

— Que font-ils là ? demanda-t-il aux gendarmes.

— Je ne sais pas, répondit l'un d'eux. J'imagine que l'info de l'arrestation de Matthias Hodler a circulé au BAP quand nous avons appelé la centrale, et qu'elle est parvenue aux oreilles du procureur Kornisch.

Jemsen se mordit les lèvres. Les ennuis ne faisaient que commencer.

— Alors, cher collègue, s'annonça Kornisch d'un ton cassant, mais en forçant artificiellement sur le « cher », on fait du zèle ? On désobéit aux ordres du procureur général ?

Jemsen le toisa.

— Ma tendance à la désobéissance n'a d'égale que votre incompétence, « cher » collègue.

— Vous le prenez sur ce ton ?

Autour d'eux, les gendarmes retenaient leur sourire et faisaient des efforts pour rester impassibles.

— Abus d'autorité, entrave à l'action pénale et injure, reprit Kornisch. Je ne sais pas ce qui me retient d'ordonner votre arrestation provisoire.

— Et moi, répondit calmement Jemsen, je ne sais pas ce qui me retient de vous casser le nez une seconde fois. C'est bien ici que le commissaire Marc Boileau vous a donné un coup de boule il y a quelques années, non ? À n'en pas douter, j'ai bien fait de classer votre plainte pénale à l'époque.

Kornisch sourit.

— Et maintenant, vous rajoutez des menaces contre un magistrat dans l'exercice de ses fonctions. Décidément, Jemsen, vous n'êtes plus que l'ombre de vous-même. Si ça n'avait tenu qu'à moi, je vous aurais destitué après l'attentat. Vos capacités à assumer une si noble fonction se sont manifestement volatilisées avec la place des Halles. Votre place, aujourd'hui, est à l'assurance invalidité.

Jemsen fit un pas en direction de Kornisch, poing levé. Son geste fut retenu par un gendarme, qui le maîtrisa.

— Tout bien considéré, reprit Kornisch, une nuit en cellule vous fera le plus grand bien.

Il se tourna vers les gendarmes et ordonna :

— Mettez-le en garde à vue. Je statuerai sur son sort demain matin, après en avoir référé au procureur général.

Les gendarmes peinaient à contenir leur malaise. Ils savaient bien que le procureur Kornisch avait repris les rênes de l'affaire Hodler sur ordre du procureur général. L'information avait fait le tour de toute la police neuchâteloise. Et bien sûr, ils avaient été témoins des débordements de Jemsen. Mais leur cœur balançait clairement en sa faveur. Leur raison leur commanda de sortir une paire de menottes.

Jemsen tendit docilement les bras en avant. Au moment précis où les bracelets métalliques se refermèrent dans un cliquètement graissé sur ses poignets, il aperçut un homme, une centaine de mètres plus loin, sous un arbre. L'homme pianotait sur un téléphone. Jemsen le reconnut. Il balbutia :

— C'est lui...

— Qui ça ? demanda un gendarme.

— C'est lui... Matthias Hodler !

Les regards se tournèrent dans la direction qu'indiquait Jemsen, mais l'homme avait disparu.

50

Le Rhône venait d'atteindre le seuil critique des intempéries d'octobre 2000. Les eaux sales et déchaînées charriaient branches et troncs d'arbres vers le lac Léman. Sur l'autoroute du Chablais, la circulation avançait au ralenti. Les essuie-glaces battaient à pleine vitesse. Flavie et Garcia passèrent l'échangeur de Villeneuve, longèrent le viaduc de Chillon et s'engouffrèrent dans le tunnel de Glion.

— Peut-on parler franchement de Tanja ? demanda le commissaire. Vous savez que jamais je ne trahirai votre confiance.

— Je le sais. De toute façon, Jemsen, Tanja, vous et moi avons tous notre part d'ombre.

— Et des secrets qui nous lient. C'est à la fois notre force et notre faiblesse. Flavie, savez-vous où est Tanja ?

— Non. Mais je crois qu'elle est très loin d'ici. Probablement à l'autre bout de la planète.

— Qu'est-ce qui vous fait penser ça ?

— Des détails a priori anodins lors de nos derniers échanges. L'autre jour, elle m'a souhaité « bonne soirée », alors que c'était le matin. Un autre jour, je lui ai téléphoné en fin d'après-midi et j'ai eu l'impression de la réveiller. Elle a prétexté qu'elle faisait la sieste.

— Ce qui est possible, fit remarquer Garcia.

— Non, Tanja ne fait jamais la sieste.

— Et les empreintes de ce prétendu couple Bernheim, de quoi s'agit-il?

— Elle n'a pas voulu me le dire. Je n'ai pas insisté. J'ai accepté de lui rendre ce service aveuglément. Et vous aussi, d'ailleurs. Ça n'a rien donné et maintenant, elle me demande d'étendre les recherches auprès de l'agent de liaison pour la zone des Balkans. Jemsen le connaît bien.

— Vous en avez parlé au procureur?

— Pas encore. Mais où qu'elle soit, j'ai bien peur que Tanja se soit mise dans une sale situation. J'espère simplement qu'il n'y a rien de grave. Peut-être continue-t-elle d'enquêter sur la mort de sa mère et de son fils.

— Peut-être, répondit Garcia sans conviction.

Il s'abstint de lui faire part des nouvelles investigations de la police cantonale vaudoise.

La circulation se fluidifia un peu. Ils avaient dépassé Montreux et filaient en direction de Vevey, quand Flavie reçut trois messages de Tanja.

— Tiens, je me disais bien...

Le commissaire sourit et se concentra à nouveau sur la route. La greffière ouvrit les messages, il y avait un texte et deux captures d'écran.

Salut ma belle, voici les localisations des derniers échanges avec Lovenature.

Le texte se terminait par un cœur. Ce n'était pas un «je t'aime», mais Flavie se dit que c'était un progrès. Les captures d'écran étaient des zones géographiques de type Google Maps. Un point rouge marquait l'emplacement de Matthias Hodler.

— Les derniers messages ont été envoyés depuis les Jeunes-Rives, dit-elle à Garcia. Et les précédents sont partis de là.

Elle lui montra la première image.

— C'est quoi, cette grande maison? demanda-t-il.

— L'ancien hôpital de La Béroche, à la sortie de Saint-Aubin en direction de Sauges.

— Il est désaffecté, non ? D'après ce que je sais, plus personne n'y travaille.

— Je confirme. Personne n'y habite non plus. C'est une bâtisse à l'abandon. Je suis passée plusieurs fois devant, quand je suis allée visiter mon futur appartement. À travers les vitres de l'entrée principale, on voit du verre brisé et des gravats qui jonchent le sol du hall de la réception.

Une lueur s'alluma dans les yeux de la greffière. Elle ajouta :

— On pourrait s'y arrêter sur le chemin du retour, non ? Pour jeter un coup d'œil.

Garcia ne répondit pas tout de suite. Il réfléchissait et finit par lâcher :

— Je vais y aller, mais seul. Que vous m'accompagnez à Saint-Maurice est une chose, le terrain en est une autre. Je préfère ne vous faire courir aucun risque.

— Si c'est dangereux, dit Flavie déçue, vous ne devriez pas y aller seul.

— Je me contenterai de faire un repérage. Et si je vois quelque chose d'intéressant, je ferai venir mes hommes. Ne vous inquiétez pas. Je vous dépose devant l'hôtel de ville de Neuchâtel comme convenu. J'espère que votre amie pourra vous aider.

— Marlyse est une perle. Elle travaille au greffe du tribunal depuis des décennies. Elle a géré tous les dossiers de l'ancienne autorité tutélaire et, aujourd'hui, ceux de l'autorité de protection de l'enfant et de l'adulte. S'il y a, sur cette terre, une personne susceptible de reconstituer le dossier Matthias Hodler sur la base des pièces éparpillées dans les cantons de Vaud, Neuchâtel, Valais et Fribourg, c'est bien elle.

51

Les jumeaux dormaient à l'étage. Au salon, Sybille Hodler pleurait. Dans un accès de colère, elle venait encore de balayer sa collection de bouquetins en bois et les avait cette fois piétinés. Des débris d'animaux jonchaient le parquet.

— Je suis désolé, répéta Matthias, mais il faut que je parte. Pour le bien de la famille.

— Tu nous abandonnes, pleurait-elle pour la dixième fois. Qu'est-ce que je vais devenir? Et les enfants?

— Je ne vous abandonne pas. Je ne serai jamais loin de vous. Et je t'ai laissé tout l'argent qu'il te faut sur la table de la cuisine. Il y en a suffisamment pour tenir plusieurs mois.

Elle s'énerva entre deux sanglots.

— Mais je n'en ai rien à foutre, de ton argent. C'est de toi dont j'ai besoin. Je ne peux pas vivre sans toi. Et les enfants ne peuvent pas grandir sans leur père.

Matthias prit Sybille dans ses bras et la regarda droit dans les yeux.

— Je ne pars pas longtemps. Juste le temps que les choses se tassent.

— Mais quelles choses? Qu'est-ce que tu as fait?

— Je te l'ai dit, je ne peux pas t'en parler.

— C'est ce que tu me dis toujours quand il s'agit de ton travail. D'ailleurs, je ne sais même pas ce que tu fais vraiment.

Tu ne me l'as jamais expliqué. On dirait un de ces mauvais films d'espionnage où le mari ment sur son métier à sa femme. C'est ce que tu es ? Un espion ? C'est ça ? Et tes activités nous ont mis en danger ?

Matthias lui sourit tendrement.

— Tu es mignonne, ma Sybille. Et je t'aime. Mais non, je ne suis pas un espion. Un jour, je te raconterai tout. Promis. Mais pas aujourd'hui. Pour ton bien.

Elle se dégagea rageusement de ses bras et se dirigea vers le bar pour se servir un verre de gin. Elle n'y trouva que des bouteilles vides. Elle se retourna vers lui, elle tremblait de nervosité :

— Qu'est-ce que tu as fait ?

— Je les ai vidées dans l'évier.

— Pourquoi ?

— Parce que je sais comment tu es. Et je n'ai aucune envie que tu ressembles à ma mère. On en a déjà parlé.

Sybille ricana.

— C'est bien ce que je dis : tu nous abandonnes lâchement comme tu as abandonné ta mère.

Matthias soupira.

— N'inverse pas les choses, mon cœur. Tu sais très bien que c'est ma mère qui m'a abandonné et pas le contraire.

— N'empêche, après toutes ces années, il serait peut-être temps que tu lui pardonnes, à ta mère. Parce qu'elle serait sûrement ravie de connaître ses petits-enfants.

— Pour ça, il faudrait déjà qu'elle sache qu'on a eu des enfants.

— Elle le sait.

— Comment ?

— Je lui ai envoyé une carte.

Matthias ouvrit de grands yeux étonnés.

— Tu as fait quoi ?

— Tu m'as bien comprise.

Il s'énerva.

— Non, mais ça va pas ! De quel droit ?

— Du mien. Je te rappelle que Martha fait aussi partie de ma famille depuis que nous nous sommes mariés. Et tu m'as toujours empêchée de la voir.

— Tu es allée la voir ?

— Non. Mais si tu nous abandonnes, je pourrais être tentée de le faire.

Matthias pointa un index menaçant en direction de Sybille.

— Ne t'avise surtout pas de faire ça. Ni de lui écrire à nouveau, d'ailleurs.

— Et qui m'en empêcherait si tu n'es plus là ?

— Ne me... !

Il se tut. Une image était apparue dans sa tête : celle de son père Willy, ce tragique soir de l'hiver 1977, l'entraînant lui et sa petite sœur Sophie vers les falaises du Creux-du-Van. Il allait devenir méchant avec Sybille et préférait ne pas envenimer les choses.

Il préféra partir en claquant la porte.

52

Après avoir déposé Flavie devant le tribunal de Neuchâtel, Garcia avait fait demi-tour, direction La Béroche. Il gara la Subaru devant l'ancien hôpital. C'était un bel hôpital. Il avait fermé fin janvier 2016 après plus d'un siècle d'existence, victime de luttes intestines entre les deux hôpitaux centraux de La Chaux-de-Fonds et de Neuchâtel, qui avaient empoisonné le débat sur la santé dans le canton. Ni le maintien de petites structures locales, plus écologiques, ni l'ambiance familiale de l'hôpital de La Béroche n'avaient pesé lourd dans le débat politique.

En sortant de la voiture, Garcia se dit que l'hôpital, finalement, c'était comme la police. Il tira un parallèle évident avec la disparition progressive des postes régionaux de police de proximité. Un sacrifice aberrant sur l'autel de la rentabilité, au détriment de l'efficacité. Il en allait de même du regroupement du ministère public sur un seul site. Une structure démesurée où procureurs et greffiers se voyaient et discutaient encore moins qu'avant. L'inverse de l'effet recherché, tant au niveau humain que financier.

Garcia fit le tour des bâtiments contigus et délabrés qui surplombaient le lac de Neuchâtel. Le lieu était chargé d'histoire, avec ses différentes architectures rappelant les agrandissements du site au fil du temps. Murs en vieilles pierres et murs blancs se chevauchaient sous des toits en quinconce couverts de tuiles usées.

Le portique de l'entrée principale était tel que l'avait décrit Flavie Keller. À travers les vitres fissurées encadrées d'armatures métalliques de couleur pourpre, on distinguait du verre brisé et des gravats sur le sol du hall. Juste au-dessus, au premier étage, un grand store jauni était fermé. Il n'y avait aucun signe de vie.

Garcia contourna les bâtiments. Au pied de la façade est, il y avait une autre porte vitrée, un accès secondaire, sur laquelle on pouvait lire « chambres mortuaires ». Un panneau mentionnait encore des services qui avaient connu des fermetures progressives avant celle, définitive, de l'ensemble du site : maternité, gynécologie, chirurgie.

Le commissaire passa au sud des bâtiments en friche. Il longea le mur sur un petit chemin au goudron craquelé, jonché de déchets ferreux. Des mauvaises herbes profitaient des fissures et proliféraient.

Après une rangée de fenêtres avec des barreaux rouillés, Garcia repéra une petite porte en bois, sous une terrasse surélevée, soutenue par des colonnes en béton. La pluie s'était calmée. De temps à autre, le commissaire entendait le moteur d'une voiture qui passait sur la route en amont, au nord des bâtiments.

Puis il perçut des sons étouffés, qui provenaient de l'intérieur de la bâtisse : des pleurs de bébés.

Garcia revint de quelques mètres sur ses pas et essaya de regarder à travers les fenêtres. Il ne voyait pas grand-chose. L'endroit n'avait pas l'air d'être habité. On aurait dit des caves, dans lesquelles régnait un grand désordre.

Derrière lui, il y eut un craquement. Simultanément, Garcia sentit une piqûre dans sa nuque. Il se retourna d'un bloc.

Une femme lui faisait face. Elle était vêtue d'une robe démodée et tachée. Ses cheveux étaient ébouriffés, elle n'était pas maquillée. Son visage était rouge, ses yeux injectés. Des larmes coulaient sur ses joues.

— Qu'est-ce que... bafouilla Garcia.

Il sentit sa bouche devenir pâteuse, il n'arrivait plus à remuer les lèvres. Sa vision se troubla. La dernière chose qu'il remarqua fut la seringue que Sybille Hodler tenait dans sa main droite.

Garcia sentit son téléphone qui vibrait dans la poche de son pantalon, mais il ne pouvait plus bouger. Un voile noir l'envahit et il perdit connaissance.

Sur le perron de l'hôtel de ville de Neuchâtel, Flavie avait passé deux coups de fil, sans succès. Elle avait d'abord appelé Jemsen, mais elle était tombée sur sa messagerie vocale. Puis elle avait appelé Garcia pour l'informer du contact qu'elle venait d'avoir avec la greffière de l'APEA. Après plusieurs sonneries dans le vide, elle lui envoya un message.

« Rebonjour commissaire. Je sors à l'instant du tribunal et vous renseigne comme convenu. Mon amie Marlyse va faire les démarches souhaitées auprès de ses collègues des autres cantons, mais ça va prendre un peu de temps. Une partie du dossier se trouve dans les archives de l'État, au château de Neuchâtel. Elle concerne l'intervention de l'autorité tutélaire neuchâteloise en 1977 pour prendre les premières mesures urgentes suite à l'hospitalisation de Sophie Hodler à l'hôpital des Cadolles après le drame du Creux-du-Van. Nous sommes convenues, avec Marlyse, de nous revoir demain matin au greffe du tribunal. Je vous tiendrai au courant. Je vous souhaite une belle soirée. F. Keller »

Cinquième jour

53

Ce matin-là, Flavie préféra ne pas entrer dans les locaux de la police neuchâteloise. Elle aurait voulu voir Garcia, mais elle appréhendait de tomber nez à nez avec le procureur Kornisch et son greffier. Elle savait que le vieux magistrat venait d'avoir une discussion houleuse avec le procureur général, qui avait ordonné la libération immédiate de Jemsen. Furibond, Kornisch avait quitté les locaux du ministère public, arguant qu'il devait faire le point avec les enquêteurs dans l'affaire Hodler.

Flavie attendait Jemsen sur le trottoir de la rue des Poudrières, en face de l'entrée principale du BAP. Quand elle vit « son » procureur sortir, elle eut un pincement au cœur. Sa chemise et son pantalon étaient maculés de terre et froissés. Il tenait sa cravate chiffonnée dans une main et avait l'air au bout du rouleau. Ses cheveux étaient hirsutes, ses yeux fatigués.

Jemsen traversa la route et lui sourit. Les premiers mots qui sortirent de sa bouche furent :

— J'ai besoin d'une douche.

— Bonjour, dit Flavie. À voir votre tête, j'imagine qu'une bonne nuit de sommeil ne serait pas un luxe non plus.

— À qui le dites-vous ! Entre mon voisin de droite qui a hurlé toute la nuit dans sa cellule et celui de gauche qui a uriné et déféqué sur sa couchette, je n'ai pas beaucoup dormi. Sans compter la lumière qui reste allumée non-stop. Et dire qu'il y a des personnes qui sont habituées à la garde à vue, je ne sais pas comment elles font. Une seule nuit m'a guéri de toute envie d'y retourner.

Flavie lui indiqua sa voiture.

— Montez, je vous conduis chez vous.

Il déclina l'invitation.

— Je vais rentrer à pied.

Elle haussa le ton.

— Ou en bus, comme la dernière fois ? Dans cet état ? Cessez de faire l'enfant et obéissez-moi pour une fois. Montez !

Il ne se sentait pas la force de lui résister.

— Comme vous voudrez, lâcha-t-il. Mais je vous préviens : je sens le fauve.

En traversant les hauts de la ville par la rue des Parcs, Flavie comprit pourquoi certains prévenus que la police amenait au ministère public pour comparaître à une audience d'arrestation puaient la transpiration. Par comparaison, l'odeur des vestiaires des hockeyeurs dans une patinoire en devenait délicate.

— Vous avez raison, rigola la greffière. La douche doit impérativement passer avant la sieste.

— Il n'est pas question que je fasse une sieste, répondit Jemsen. Vous avez vu Garcia ?

— Pas depuis hier. Il n'est pas venu vous voir pendant votre garde à vue ?

— Non. Vous avez trouvé quelque chose à l'abbaye de Saint-Maurice ?

Flavie lui résuma les investigations de la veille et les localisations de Matthias Hodler par Tanja.

— Je sais pour les Jeunes-Rives, dit-il. Cet enfoiré de Hodler était à cent mètres de moi et je n'ai rien pu faire à cause de cet imbécile de Kornisch.

— Et Robin Mizel, qu'a-t-il dit ?

Jemsen lui résuma les paroles de l'extrémiste climatique et conclut :

— Trouvez Garcia, afin qu'il vous raconte ce qu'il a constaté à l'ancien hôpital de La Béroche. Moi, il faut que j'aie une conversation sérieuse avec Mélanie.

— J'irai voir Garcia, répondit Flavie, mais avant cela, j'ai rendez-vous avec Marlyse au tribunal.

Le procureur acquiesça. Ils passaient à proximité de la gare de Neuchâtel, quand Flavie reçut un texto de Tanja. Le message s'afficha sur l'écran de la voiture.

> *Salut ma belle, voici une nouvelle localisation toute récente de* Lovenature. *Soit ce gars est naïf, soit il le fait exprès pour vous provoquer. Bises.*

Cette fois, pas de petit cœur qui concluait le message. La greffière toucha l'écran tactile pour afficher la pièce jointe. Sur la carte de géographie qui apparut, le point rouge se situait avenue de Bellevaux. Jemsen pâlit et s'exclama :

— Putain, mais cet enfoiré est chez moi !

54

— Vous ne devriez pas y aller seul, lui cria-t-elle par la vitre.

— Attendez-moi ici. À la moindre alerte, vous prévenez la police.

— Vous êtes sûr que vous ne voulez pas que je la prévienne tout de suite?

— Pour finir une nouvelle fois en garde à vue? Exclu!

Jemsen s'éloigna et gravit les marches qui menaient à la porte d'entrée de la maison. C'était un vieil immeuble de plusieurs appartements. Celui de Jemsen se trouvait au premier.

La porte de son logement était entrouverte. Il y avait un léger bruit continu qui provenait de l'intérieur. Le procureur poussa le battant, qui pivota sans faire de bruit. Il resta quelques secondes sur le palier, prêt à faire demi-tour au moindre danger. Le vestibule était vide. Un peu plus loin, le salon était sens dessus dessous.

Jemsen s'avança sur la pointe des pieds, prenant garde à ne pas faire grincer le plancher. Il en connaissait les points faibles et les évita. Il alla jusqu'à une commode un peu vétuste et ouvrit le premier tiroir. Il glissa la main sous le fond et en retira doucement un Zastava M57, réplique serbe du Tokarev TT 33. Du temps de la guerre en ex-Yougoslavie, le petit pistolet noir armait les soldats de la JNA, ainsi que les combattants bosniaques, croates, macédoniens, kosovars et slovènes. À la fin du conflit, le stock s'était répandu dans les mains des mafias serbes et albanaises.

Jemsen vérifia le salon, la cuisine et la chambre. Il n'y avait personne, mais les deux autres pièces étaient, elles aussi, dans le plus grand désordre.

Le bruit continu provenait de la salle de bains. Il était identifiable : de l'eau coulait. La porte était fermée. Le procureur actionna la poignée et l'ouvrit. Il y avait une épaisse condensation. Derrière la vitre embuée de la douche, une silhouette nue.

Jemsen reconnut les vêtements posés sur la cuvette des WC.

« Mélanie ? »

La tête de la professeure apparut, effrayée. Elle ne s'attendait pas à cette arrivée impromptue. En voyant l'arme, elle cria.

Quand Flavie vit Jemsen revenir vers elle avec le Zastava dans une main, elle ouvrit de grands yeux étonnés.

— La menace est passée, dit-il. Hodler a fouillé chez moi, mais il n'est plus là. Je suis avec Mélanie. Tout va bien. Je gère la situation.

— Depuis quand avez-vous un pistolet ?

— Depuis deux ans. C'est celui de mon frère.

Elle comprit sans plus d'explications.

— Vous ne voulez pas que j'appelle la police ?

— Surtout pas. Prévenez Garcia, mais c'est tout.

Il lui rappela son rendez-vous au tribunal avec Marlyse, la regarda partir et rejoignit Mélanie dans le salon. Elle était en peignoir, une serviette sur les cheveux.

— Qu'est-ce qui s'est passé ? demanda-t-elle, catastrophée en voyant le désordre.

— C'est à toi que je le demande. Tu n'as rien entendu ?

— Rien, je te le jure. J'étais sous la douche.

— Une longue douche, alors, dit-il sur un ton légèrement suspicieux. Parce que retourner les trois pièces a dû prendre un certain temps.

Elle le dévisagea étrangement.

— Tu me soupçonnes?

Il regarda autour de lui. Après tout, il n'y avait rien d'intéressant à voler chez lui. Aucune valeur, aucun dossier. Celui qui avait fait ça n'avait même pas trouvé l'arme. Il en déduisit que l'acte avait été commis gratuitement et dans la précipitation, non pour chercher réellement quelque chose, mais plutôt pour faire passer un message en forme d'avertissement. Matthias Hodler voulait qu'il sache que lui aussi pouvait se rapprocher de sa proie.

— Non, répondit Jemsen. En revanche, j'aimerais comprendre pourquoi tu as envoyé Robin Mizel à Paris.

— Il te l'a dit? s'étonna Mélanie.

— Oui. Et je le crois.

Elle baissa la tête, un peu honteuse.

— En fait...

Elle hésita.

— Je t'écoute, dit-il sèchement.

Elle se rendit compte qu'elle n'avait pas le choix. Cette fois, c'était Jemsen qui tenait les rênes.

— C'était une suggestion de mon mari. Je crois qu'il avait des soupçons pour Robin et moi. Il croyait que c'était mon amant. Il a pensé que ça l'éloignerait quelque temps. Il savait que je ne pouvais pas me dédoubler entre toutes les manifestations. En envoyant Robin à Paris, j'étais obligée de rester à Neuchâtel. Pour la cause. Tu connais la suite.

— Où est ton mari?

— Au boulot, je présume. Je ne l'ai pas vu depuis hier matin. J'ai dormi ici cette nuit. Je t'ai envoyé plusieurs messages. Tu ne les as pas lus?

— J'étais en garde à vue, on m'a libéré ce matin. Mon téléphone a les batteries à plat. Qu'est-ce qu'il fait, ton mari?

— Tu le sais, il est ingénieur. Il passe sa vie sur des chantiers. Il m'a parlé de la rénovation d'un ancien hôpital à Saint-Aubin.

— L'hôpital de La Béroche?

— C'est ça.

Jemsen soupira.

— Est-ce que tu connais une certaine Sybille?

Le visage de Mélanie s'illumina soudain.

— Oui, j'en connais une. Enfin, connaître, c'est un grand mot. Elle est passée me voir hier matin à l'uni, pendant que je rangeais mon bureau. Une femme très étrange. D'après ce qu'elle m'a dit, elle serait l'épouse de Matthias Hodler. Elle avait une large poussette, des jumeaux je crois. Je voulais t'en parler, mais tu ne m'en as pas laissé le temps. Et il faut aussi que je te parle de quelqu'un d'autre.

— De qui ?

— Sylvain Kornisch.

55

Construit entre 1784 et 1793, l'hôtel de ville de Neuchâtel était un bâtiment de style néoclassique très inspiré de l'architecture monumentale répandue en France au XVIIIe, avec les codes de l'Antiquité et le modèle de la Renaissance italienne. Son financement avait été rendu possible grâce à un legs de David de Pury, le banquier et négociant de bois d'ébène dont certains aspiraient à déboulonner la statue en place Pury.

Depuis son origine, l'hôtel de ville était le siège des autorités législatives et exécutives communales, qui tenaient séance au premier étage. On y célébrait aussi les mariages civils, dans l'ancienne salle des Quatre Ministraux, rebaptisée salle de la Charte. Au rez-de-chaussée se trouvait le bureau de vote. Le deuxième étage était occupé par le tribunal régional du Littoral et du Val-de-Travers. Trop à l'étroit, il était voué, à l'instar du ministère public, à quitter ce lieu symbolique pour un bâtiment moderne et sans saveur, en périphérie de la ville.

Se souvenant du récit que lui avait fait Jemsen de sa récente commission rogatoire en France, Flavie imagina que les juges et les policiers parisiens avaient dû ressentir la même émotion en quittant l'île de la Cité pour le quartier des Batignolles.

La greffière gravit les escaliers du perron et pénétra dans l'impressionnant péristyle, qui accueillait régulièrement des activités culturelles et sociales. Elle gagna le petit ascenseur ultramoderne et entièrement vitré qui détonait avec la prestance des lieux.

Au deuxième étage, les portes s'ouvraient au milieu d'un hall d'accueil aux vieux parquets garnis de tapis. Dans le couloir qui menait aux greffes pénaux et civils, une ancienne cheminée condamnée. Des justiciables et des avocats attendaient qu'on les invite à entrer en salle d'audience. Une certaine tension se dégageait des visages souvent fermés.

Flavie se rendit directement au greffe de l'APEA, l'ancienne autorité tutélaire. Marlyse l'y attendait. Les deux greffières s'embrassèrent.

— Viens, dit Marlyse en emportant une pile de dossiers sous le bras. On va s'installer dans notre modeste cafétéria. On y sera plus tranquilles pour discuter.

Elles parcoururent le couloir en sens inverse et gagnèrent une petite salle sombre au nord du bâtiment, une vieille cuisine rénovée. Marlyse alluma la lumière et posa les dossiers sur une table.

— Bon, dit-elle en servant le café, je te préviens, j'ai fait ce que j'ai pu. Il m'a fallu batailler avec mes collègues des APEA vaudoises, fribourgeoises et valaisannes, mais j'ai tout de même obtenu quelques documents. Les Vaudois sont clairement les plus chiants, avec leur côté très à cheval sur la procédure. Avec les Valaisans, c'est plus facile. La promesse d'une caisse de Fendant ouvre bien des portes.

Flavie rigola et répondit :

— Je la paierai de ma poche, cette caisse de vin. Parce que ça va être difficile de la faire passer dans les comptes du ministère public. Mais trêve de plaisanterie. As-tu réussi à comprendre pourquoi, en 1977, l'autorité tutélaire fribourgeoise avait ordonné le placement d'un enfant déclaré décédé à l'internat de Saint-Maurice ?

— Je crois que j'ai la réponse que tu attends, mais pas d'explication. Ce qui est sûr, c'est qu'il y a eu de nombreuses erreurs dans ce dossier. On pourrait même parler de faux.

— Faux dans les titres ?

— Intentionnels ou par négligence, je ne sais pas. Soit il y a eu du graissage de pattes, soit de l'incompétence crasse. Il faut dire qu'à l'époque, la plupart des autorités tutélaires n'étaient pas gérées par des magistrats professionnels. C'était souvent du bricolage au niveau communal. Sans parler du fait que ce dossier en particulier est passé d'un canton à un autre et que des pièces se sont perdues en route.

Flavie soupira.

— Bon, trêve de suspense, Marlyse ! C'est Matthias ou Sophie qui est mort au Creux-du-Van ?

La greffière de l'APEA lui sourit.

— Lis le dossier. Tu comprendras.

56

La petite Honda hybride filait sur l'autoroute Neuchâtel-Yverdon, en direction de La Béroche. Plongée dans son récit, Mélanie ignora le flash d'un radar à l'entrée de la tranchée couverte de Bevaix. Elle ne leva même pas le pied de l'accélérateur et conclut :

— J'ai suivi ton conseil, j'ai pris un avocat. Et ce matin, il a demandé la récusation du procureur Kornisch.

— Pourquoi avoir tardé ? s'étonna Jemsen.

— Parce que je n'ai pas tout de suite fait le lien entre Kornisch et mon mari. Pour moi, il n'était qu'un inconnu qui avait posé un regard insistant sur mes fesses à l'occasion d'une soirée bien arrosée. Tu sais ce qu'est la fête des vendanges. Mon mari n'a pas apprécié et ils en sont venus aux mains, mais des gens les ont vite séparés. L'histoire s'est arrêtée là. Quand j'ai vu le visage de Kornisch dans les journaux ces derniers jours, il m'a vaguement dit quelque chose. Mais le déclic ne s'est produit qu'avant-hier soir, quand je suis allée discuter avec mon mari. Il m'a traitée d'aguicheuse et m'a rappelé cette histoire. Je n'ai pas compris tout de suite, elle remontait à plus de vingt ans. Il m'a mis l'article d'ArcInfo sous les yeux, avec le portrait de Kornisch, en me demandant si je m'en souvenais. C'est là que j'ai compris que Kornisch, lui, ne m'avait peut-être pas oubliée.

— Et le fait que je sois aujourd'hui ton amant a dû lui fournir une double raison de se réjouir, comprit Jemsen.

Mélanie prit la sortie d'autoroute entre les deux tunnels de La Béroche et descendit en direction de Saint-Aubin. Elle prit un raccourci et passa devant une scierie.

— Penses-tu que Kornisch et Hodler ne pourraient être qu'une seule et même personne ? demanda-t-elle.

— Impossible, répondit Jemsen. Hier après-midi, je les ai vus tous les deux aux Jeunes-Rives. Mais il est vrai que quand j'ai voulu attirer l'attention des gendarmes, Hodler avait disparu. Et Kornisch m'a dit que j'affabulais. En tout cas, il n'a marqué aucun empressement à vérifier mes dires. Et ton mari ?

— Quoi, mon mari ?

— Penses-tu qu'il pourrait avoir une double vie ?

— Si tu parles d'une maîtresse, tout est possible. Nous ne nous touchons plus depuis belle lurette. Mais si tu crois qu'il pourrait être Hodler, oublie tout de suite. Je te rappelle que Matthias suivait mes cours. J'ai discuté plusieurs fois avec lui. Je ne le connais que comme ça, mais je peux t'assurer que je ne l'ai jamais vu en dehors du cadre universitaire.

Au bas de la rue de la Reusière, Mélanie tourna à droite rue du Temple, passa un petit goulet entre deux rangées de vieilles maisons contiguës et continua rue de l'Hôpital. Sur la gauche en contrebas, après les vignes qui descendaient vers le lac, on apercevait le petit port de Saint-Aubin.

Jemsen pensa à Marc Boileau, le commissaire à la retraite qui avait cassé le nez du procureur Kornisch à l'issue d'une dramatique prise d'otages à Festi'neuch. Garcia lui avait raconté que Boileau vivait à La Béroche et qu'il avait son stamm à l'Optimist', un petit restaurant de plage. Jemsen se fit la promesse qu'un jour, il ferait la connaissance de l'ancien négociateur.

Ils approchèrent de l'hôpital abandonné. Mélanie gara la Honda sur un petit parking, à côté d'un gros SUV de couleur grise. Avant de descendre de voiture, Jemsen vérifia son arme. Une balle était engagée.

— Tu es sûr que tu as besoin de ça ? s'inquiéta Mélanie.

— On n'est jamais trop prudent. Je passe devant, tu restes derrière moi. Quoi qu'il arrive.

— Tu sais t'en servir ?

Il lui sourit.

— Un jour peut-être, je te parlerai de ce que j'ai vécu au Kosovo.

Il se pencha vers elle, déposa un tendre baiser dans son cou et sortit.

57

Le 25 juillet 1940 en fin d'après-midi, alors que la guerre faisait rage en Europe et que la Suisse, neutre, fortifiait son Réduit National dans les Alpes, deux soldats traversèrent la place du Carré.

La Tour-de-Trême se remettait à peine de la mort de Tobi. Instituteur et poète, Cyprien Ruffieux dit *Tobi-di-j'èlyudzo* – « Tobi des éclairs » en patois fribourgeois – était mort quelques jours plus tôt. Lors de ses funérailles, l'église n'avait pas pu accueillir les trop nombreuses personnes venues de tout le canton de Fribourg et même d'au-delà pour honorer sa mémoire. Un ténor avait chanté une composition que le défunt avait écrite pour son propre enterrement. L'abbé avait dit de lui qu'il incarnait *le Gruérien dans ce qu'il a de plus typique* et que sa langue était *aussi riche que pure*. Déjà des voix s'élevaient dans le village pour qu'on lui consacre le nom d'un chemin.

En signe de deuil, on avait laissé les volets fermés. Au-delà du toit de la maison de Tobi des éclairs, on devinait la Dent de Broc dans la brume. Il pleuvinait encore, comme si la météo voulait sceller un mois particulièrement froid et maussade sur l'ensemble de la Suisse et de la France. Lyon et Marseille avaient connu des records de basses températures.

La place du Carré était entremêlée d'herbe verte et de chemins de terre humides. Au centre se dressait un poteau électrique, avec des fils qui partaient dans les quatre directions. À côté, une fontaine avec un double bassin rectangulaire surélevé par des parpaings de pierre. La veuve de Francis Hodler habitait la maison voisine de celle de Tobi.

Les deux soldats hésitèrent un instant, se regardèrent, un peu perdus, puis l'un d'eux se décida à frapper à la porte. Une jeune femme leur ouvrit. Elle ne devait pas avoir plus de dix-sept ou dix-huit ans. Elle tenait dans ses bras un bébé.

Quand les soldats lui apprirent le décès de son mari, elle s'effondra en larmes et se laissa glisser au sol, dos appuyé contre le cadre de la porte. Elle caressait son enfant et lui racontait que son papa ne reviendrait pas, mais que même là où il était, il les aimait de tout son cœur. En pleurant, elle promit à son fils qu'ils fonderaient quand même une famille heureuse. Entre deux sanglots de la veuve, les soldats comprirent que le bébé s'appelait Willy et qu'il ne manquerait pas d'amour.

Flavie Keller roulait à vive allure dans la campagne fribourgeoise. Elle ressassait les éléments du dossier tutélaire de Matthias Hodler.

Les documents neuchâtelois rédigés dans l'urgence après le drame du Creux-du-Van de l'hiver 1977 étaient signés par un juge neuchâtelois aujourd'hui décédé et un tout jeune apprenti greffier de l'époque : Sylvain Kornisch. Le vieux procureur n'avait repris des études de droit que sur le tard.

Mais surtout, le dossier tutélaire reconstitué par Marlyse fournissait le nom du troisième enfant de Martha Hodler.

Flavie n'avait qu'une seule idée en tête : arriver le plus rapidement possible à l'hôpital psychiatrique de Marsens pour avoir une nouvelle discussion avec la vieille femme.

58

À l'origine, l'hôpital de La Béroche était une splendide bâtisse. Aujourd'hui à l'abandon depuis plusieurs années, sous la pluie et auréolé d'un léger brouillard, il était sinistre.

Mélanie et Jemsen en firent le tour. Il n'y avait aucun signe d'activité récente, aucun début de chantier.

— Tu es sûre que ton mari travaille ici ? demanda le procureur.

— C'est ce qu'il m'a dit, répondit son amie. Il m'a dit que l'État prévoyait de le rénover pour en faire des appartements protégés pour les personnes âgées.

Ils longèrent le côté sud du bâtiment. Jemsen précédait Mélanie. Il avait rangé le Zastava dans une poche de sa veste, mais gardait une main sur la crosse, prêt à ressortir l'arme à la moindre alerte.

Il y avait une rangée de trois fenêtres avec des barreaux, puis une porte sous une terrasse surélevée et maintenue par des colonnes. La pierre était sale, le béton craquelé, les armatures métalliques rouillées et les vitres fissurées rendues opaques par la crasse.

Jemsen s'avança vers la petite porte en bois et actionna la poignée. À sa grande surprise, elle n'était pas verrouillée. Il poussa le battant, qui s'ouvrit en grinçant sur un sombre couloir. Il regarda Mélanie, qui restait derrière lui comme il le lui avait demandé. Il se retourna, sortit le pistolet et appela :

— Il y a quelqu'un?

Sa voix résonna dans l'obscurité, il n'obtint aucune réponse.

Ils se tourna une nouvelle fois vers Mélanie et lui fit comprendre qu'elle devait le suivre. Ils pénétrèrent dans la bâtisse. Des débris de murs et d'ampoules cassées crissaient sous leurs pas. Au bout du couloir, il y avait un escalier. Partout, de la poussière et des toiles d'araignées. Dans la poussière, des traces de pas.

— Quelqu'un est venu ici récemment, murmura Jemsen.

Mélanie ne répondit pas. Elle le suivit, pas à pas, sur les marches qui menaient au premier étage. En haut, une autre porte. Le procureur l'ouvrit. Elle donnait dans le vestibule d'une ancienne pièce de l'hôpital transformée en appartement. Les lieux étaient plus ou moins entretenus. Dans le salon qui donnait sur la terrasse, une bouteille de gin sur la table basse. Et partout sur le plancher, des dizaines d'animaux en bois éparpillés et fracassés. Tous les mêmes, des bouquetins. L'animal emblématique du Creux-du-Van.

— Qui vit ici? demanda Mélanie.

— Aucune idée, répondit Jemsen. Mais je sens que nous allons bientôt le savoir.

Il se dirigea vers un grand vaisselier qui ornait un mur du salon et en ouvrit les portes. Instinctivement, il fit un pas en arrière en voyant un objet fondre sur lui.

Le paquet de couches pour bébé tomba sur le sol en faisant un bruit sourd. Il fut suivi par deux autres. L'armoire débordait de couches culottes entassées les unes sur les autres.

Surpris, Jemsen jura.

— Putain, c'est quoi ce bordel!

Il se tourna vers Mélanie, leurs regards se croisèrent. Elle haussa les épaules pour lui faire comprendre qu'elle n'en savait rien.

Jemsen se dirigea vers un autre meuble, une commode basse, en ouvrit les tiroirs et les portes. Puis il ouvrit les tiroirs du meuble TV. Partout, des paquets de langes.

Il repéra la cuisine, entra. Sur la table, dans les placards et même dans le frigo, toujours des paquets de langes. Quand il revint au salon vers Mélanie, il lâcha:

— C'est impossible que quelqu'un vive ici. On dirait un décor de maison hantée, c'est hallucinant !

À peine avait-il fini sa phrase qu'on entendit des pleurs de bébé. Jemsen et Mélanie sursautèrent. Les pleurs provenaient de l'étage supérieur. Le procureur se ressaisit et appela une nouvelle fois :

— Il y a quelqu'un ?

Personne ne répondit, mais les pleurs continuaient. Jemsen se dirigea vers un escalier. Mélanie le suivit. Ils durent enjamber d'autres paquets de couches qui encombraient les marches.

À l'étage, une chambre et une minuscule salle de bains. Dans la chambre, un grand lit conjugal, une armoire à habits, deux berceaux. De vieux modèles en bois, à barreaux. Des couvertures empêchaient d'en voir l'intérieur.

Jemsen pensa aussitôt aux paroles de Martha Hodler, aux jumeaux de Sybille et de Matthias, Franck et Will. Les bébés étaient là, abandonnés à leur sort, sans un adulte pour s'en occuper. Ils criaient famine.

Jemsen traversa la chambre et se dirigea vers les berceaux. Il sentait que quelque chose n'allait pas, un détail le gênait. À mi-chemin, il comprit. Un berceau avait une couverture bleue, l'autre une rose. Les couleurs n'allaient pas. Il était censé y avoir deux garçons.

Il s'approcha encore et s'immobilisa, surpris.

— Mais qu'est-ce que ça veut dire ?

Il se pencha sur l'un des berceaux et en retira une enceinte portable qui fonctionnait via Bluetooth. L'appareil diffusait les pleurs d'enfants en continu. Il l'éteignit, la reposa et regarda une nouvelle fois dans les berceaux. Deux poupées en porcelaine le regardaient fixement. Elles portaient des *bodies* à l'effigie de la Tour Eiffel.

Soudain, le téléphone de Jemsen se mit à vibrer dans la poche de son pantalon. Le procureur sursauta. Il sortit l'appareil et regarda l'écran. C'était Flavie. Il décrocha.

— Où êtes-vous ? demanda la greffière.

Sa voix marquait un certain stress.
— À l'hôpital de La Béroche.
— Avec Garcia ?
— Non. Avec Mélanie. Et vous ?
— En route pour Marsens.
— Seule ?
— Oui. Je ne voulais pas vous impliquer dans ma décision de retourner là-bas. Je vous expliquerai. Marlyse a pu reconstituer le dossier tutélaire de Matthias Hodler. Sauf que ce n'est pas Matthias. Matthias est bel et bien mort au Creux-du-Van. C'est Sophie qui en a réchappé. C'est elle qui a été internée à Saint-Maurice sous le nom de Matthias. Et je connais aussi le nom du troisième enfant de Martha. Vous ne devinerez jamais.

Jemsen essayait de remettre de l'ordre dans ce flot d'informations. Une petite fille prenant l'identité de son frère défunt, ça n'avait pas de sens. Le procureur en perdait son latin. Il se tourna vers Mélanie.

La professeure se tenait dans l'encadrement de la porte de la chambre. Son regard s'était assombri. Elle tenait dans ses mains un fusil à pompe de gros calibre et le braquait de façon menaçante. Jemsen resta médusé, sans comprendre, son pistolet dans une main, le téléphone dans l'autre. Mélanie lui ordonna :

« Raccroche ! »

59

Jemsen raccrocha.

— Bien, dit Mélanie sans cesser de le viser. Maintenant, dépose lentement ton flingue et ton téléphone sur le lit.

Il obtempéra et se redressa.

— Tu m'expliques ? osa-t-il.

— Ta gueule ! Avance vers moi, doucement.

Il leva les mains et fit quelques pas dans sa direction. Elle s'écarta sur le palier pour le laisser passer et lui indiqua l'escalier d'un geste du menton.

— Descends !

— Tu m'emmènes où ?

— Tu verras.

Jemsen descendit les marches en gardant les mains en l'air. Son cerveau essayait de recoller les pièces du puzzle. Une fois dans le salon, il s'arrêta et se tourna vers Mélanie.

— Qui es-tu ?

— Tu sais qui je suis.

— Je commence à en douter.

— Tu vas comprendre.

Elle lui indiqua la direction du vestibule et ajouta :

— Va par-là !

Il se dirigea vers la porte qui donnait au sous-sol, d'où ils étaient arrivés.

— Pas celle-ci, dit Mélanie dans son dos. L'autre.

Il fit un pas vers la porte d'entrée principale de l'appartement et l'ouvrit. Elle donnait sur la réception de l'ancien hôpital. Du verre brisé et des éclats de murs et de plafond jonchaient le sol.

— Prends à droite ! ordonna-t-elle.

Il suivit un couloir à la peinture défraîchie et aux tubes néons cassés. De part et d'autre, les portes des anciennes chambres étaient ouvertes. Les pièces étaient vides et sales.

— Tu es qui ? répéta Jemsen. Tu es Sophie ? Sophie Hodler ?

Elle ne répondit pas, il entendait ses pas dans son dos. Il ajouta :

— Ou le troisième enfant de Martha ? C'est ça ? Tu es le troisième enfant de Martha Hodler ? La demi-sœur de Matthias et Sophie ?

— Ta gueule, je t'ai dit. Avance !

Mélanie le conduisit vers un large escalier qui reliait les étages de l'hôpital. Elle lui indiqua celui qui descendait au sous-sol.

— Et ton mari ? reprit Jemsen. Qu'est-ce qu'il a à voir dans toute cette histoire ? C'est lui qui a assassiné toutes ces Greta, c'est ça ? C'est lui qui joue le rôle de Matthias ? Tu es sa complice ? Pourquoi ?

La réponse fut violente. Pas celle que Jemsen attendait. Il reçut un coup de crosse sur le sommet du crâne et faillit tomber. Il se rattrapa in extremis à la rambarde.

— Encore un mot et je tire sans te donner d'explication. Descends et tourne à droite.

Le procureur mit les mains sur sa tête. Il sentit un liquide poisseux entre ses doigts. Le choc avait ouvert les chairs, il saignait. Le sang se répandit dans ses cheveux et coula dans sa nuque et sur son front.

Au bas de l'escalier, il y avait une porte à moitié vitrée sur laquelle on pouvait lire « chambres mortuaires ». Il l'ouvrit et avança dans un couloir sombre.

— Stop ! ordonna Mélanie quand il passa devant une porte fermée.

Sans cesser de le tenir en respect avec le fusil à pompe qu'elle tenait maintenant d'une seule main, elle sortit une clé de la poche de son pantalon et déverrouilla la porte.

— Entre !

C'était une pièce sombre, sans fenêtre. On aurait dit un local technique. La seule lumière provenait d'une petite lampe de chevet installée à même le sol. Des tuyaux parcouraient les murs et s'enfonçaient dans le sol.

Dans un coin de la pièce, il y avait un homme assis sur le sol, les bras levés au-dessus de sa tête, attachés par des menottes. La chaîne passait autour d'un tuyau de chauffage et maintenait ses mains en l'air. Il était bâillonné.

Jemsen reconnut Dan Garcia. Le commissaire était en vie.

— Assieds-toi à côté de lui et attache-toi, lui intima Mélanie en lui tendant une autre paire de menottes.

Le procureur prit les boucles d'acier et en passa une autour d'un poignet.

— Ça suffira, dit la professeure. L'autre, tu la refermes autour d'un tuyau.

Il s'assit à côté de Garcia et obtempéra. Mélanie s'approcha de lui et vérifia rapidement la solidité des liens. Puis elle se déplaça d'un mètre sur le côté, arracha le bâillon de l'OPJ, se redressa, recula vers la porte et leur dit sur un ton maternel :

— Soyez bien sages, les enfants. Ce ne sera pas long.

— Où vas-tu ? demanda Jemsen.

— Chercher Matthias.

— Ton mari ? C'est ça ? C'est lui, le troisième enfant de Martha ? Où est-il ?

— Il va arriver.

Et elle referma la porte à clé.

Quand ils se retrouvèrent seuls, tous les deux, dans la pénombre, Garcia regarda Jemsen. Le commissaire fit tourner sa langue dans sa bouche pour l'humecter, le bâillon l'avait complètement asséchée. Puis il dit :

— Laissez tomber, ce n'est pas ce que vous imaginez. Elle est complètement tarée.

60

Quand Flavie gara sa voiture sur le parking de l'hôpital de Marsens, elle ne s'annonça pas à la réception principale, ni à celle de l'EMS Les Camélias. Elle alla directement dans la chambre de Martha Hodler, en prenant garde que le personnel médical ne la voie pas. Les pensionnaires venaient de prendre leur repas. C'était l'heure de la sieste. La vieille femme était dans son lit, les yeux fermés.

La greffière tira une chaise à côté d'elle, veillant à faire grincer les pieds sur le sol. La quasi centenaire ouvrit les yeux.

— Qui êtes-vous ? chevrota-t-elle en dévisageant Flavie.

— Vous ne vous souvenez pas de moi, Martha ?

— Non. Je ne vous ai jamais vue, j'en suis sûre.

La greffière lui sourit tendrement.

— Dans ce cas, vous pouvez essayer de deviner qui je suis, non ?

La vieille dame la regarda avec insistance, un peu perdue. Elle cherchait dans sa mémoire défaillante. Puis son visage s'ouvrit et elle afficha à son tour un large sourire.

— Sybille ? C'est vous ?

— C'est moi.

Martha était si heureuse de voir sa belle-fille pour la première fois.

— Oh Sybille, vous ne pouvez pas savoir comme ça me fait plaisir de recevoir votre visite. Je suis si contente de faire enfin votre connaissance.

— Moi aussi, Martha.

Flavie se leva de sa chaise et déposa un baiser sur le front ridé de la vieille, qui en profita pour regarder dans la chambre, derrière la visiteuse.

— Sybille, où sont mes petits-enfants? Où sont Franck et Will? Vous n'êtes pas venue avec eux?

— Pas aujourd'hui, Martha. Pas aujourd'hui. Le personnel préférait qu'on fasse ça en deux temps. Mais je reviendrai très vite vous voir avec eux. Ils se réjouissent.

La vieille rigola timidement.

— Ils se réjouissent? Mais Sybille, je ne suis pas encore complètement folle. Je sais très bien qu'ils ne sont encore que des bébés. Ils ne peuvent pas se réjouir. Quand ils seront grands, ils ne se souviendront pas de moi. Mais moi, au moins, je pourrai quitter cette terre le cœur soulagé de les avoir vus au moins une fois.

Flavie se rassit et prit tendrement une main de Martha dans la sienne.

— Sybille, reprit la pensionnaire, où est Matthias?

— Matthias va bien, je vous rassure. C'était un peu trop dur pour lui de venir aujourd'hui, mais il m'a promis qu'il vous rendrait visite très bientôt. Il souhaiterait vous pardonner. Et pardonner aussi à son demi-frère.

— Son demi-frère? s'étonna Martha.

— Ben oui, votre premier enfant.

Les yeux de la vieille se durcirent.

— Ah, lui. Mais Matthias ne pourra jamais lui pardonner.

— Pourquoi, Martha?

— Parce qu'il est mort il y a longtemps. Satan s'est emparé de lui.

— Comment s'appelait-il?

— Matthias a dû vous le dire.

— Oui, mais j'aimerais l'entendre de votre bouche.

— Je me suis promis de ne plus jamais prononcer son nom. Il est responsable de la mort de Sophie.

Flavie n'eut aucun mal à mimer la tristesse.

— Vous savez, Martha, moi aussi j'ai perdu un enfant dans un accident. Et j'ai pardonné au responsable. Ça n'a pas été facile, mais avec le temps, j'y suis arrivée.

— Franck et Will vont bien, j'espère, s'inquiéta la pensionnaire.

— Oui, ils vont bien. Je parle d'une fille que j'ai eue d'un premier mariage. Un peu comme vous, avec... comment s'appelait votre premier fils, déjà ?

— Willy, soupira Martha.

— Mais Willy était votre mari.

— Oui, mais avant d'être mon second mari, il était aussi mon fils. Et le fils de Francis, mon premier mari. Vous savez, nous ne nous sommes jamais vraiment mariés, Willy et moi. De toute façon, ce n'était pas important. Il portait déjà mon nom de famille et celui de Francis. Donc, tout le monde a cru que nous étions mariés. Et puis le diable s'est emparé de Willy. Il a tué Sophie et a tenté de me prendre Matthias. Mais il n'est pas arrivé à m'enlever mes deux enfants. Le diable en a pris un, Dieu a sauvé le second.

Flavie caressa la main de la vieille femme et lui dit d'un ton empreint de douceur :

— Racontez-moi tout, Martha. Ça vous soulagera d'un poids. Et ensuite, quand vous serez plus sereine, je pourrai enfin venir vous voir avec Franck et Will.

61

Le 6 février 1952, un événement majeur secoua l'Europe : le roi Georges VI d'Angleterre, qui avait risqué sa vie lors des bombardements allemands du 13 septembre 1940 sur Buckingham Palace, décéda. Sa fille lui succéda sur le trône sous le nom d'Elisabeth II. Ce jour-là, Willy Hodler fêtait ses douze ans.

Sa mère et lui avaient quitté la Tour-de-Trême de longue date, pour s'établir dans une ferme à Provence. Ils y vivaient en autarcie. Martha n'avait pas scolarisé son fils et lui enseignait les bases du savoir à domicile, entre l'élevage des poules, des lapins et des cochons, et la culture du maïs, des pommes de terre et du colza.

Depuis tout petit, Martha appelait Willy « mon amour » et attendait de lui la réciprocité. Elle avait toujours refusé qu'il l'appelle « maman ». Une maman impliquait qu'il y ait un papa, et Willy n'en avait plus. La société voyait d'un mauvais œil qu'une mère élève seul son fils. Elle préférait éviter d'exposer Willy à la vindicte populaire.

Le jour de la mort de George VI, Martha déposa un gâteau aux carottes sur la table de la salle à manger. Dans le glaçage blanc se reflétaient douze bougies.

— Bon anniversaire, mon amour, lui dit-elle en déposant un baiser sur ses lèvres.

Willy aimait ce contact tendre, chaud et délicieusement humide. Depuis tout petit, Martha l'embrassait ainsi et c'était naturel.

— Merci, mon amour, répondit-il.

Et il souffla les bougies.

Ils se délectèrent de ce mets sucré, avant de retourner aux tâches de la ferme. Puis ils prirent une douche et, comme chaque soir, Martha lui raconta une histoire avant d'éteindre la lumière. Celle qu'il préférait était *Alice aux pays des merveilles*. Longtemps, il n'y avait vu que le premier degré réservé aux enfants. Puis ses sens s'étaient éveillés, il avait posé des questions à Martha, qui lui avait ouvertement parlé de la réputation sulfureuse de son auteur, Lewis Carroll.

— Tu vois, mon amour, lui dit-elle, parfois dans la vie, un homme d'un certain âge peut se sentir attiré par une fille bien plus jeune que lui. Et l'inverse se produit aussi.

— Est-ce que je t'attire, moi ? lui demanda-t-il sans vraiment comprendre la signification de cette question.

— Bien sûr que oui. Et moi, je t'attire ?

— Oui, répondit-il d'une petite voix. Est-ce que je peux laisser la lumière allumée un peu plus longtemps, ce soir ?

— Pourquoi ?

— Parce que c'est mon anniversaire. Et aussi parce que je suis grand, maintenant. Tu sais, les histoires que tu me racontes ne me font plus dormir comme avant.

— Que veux-tu dire ?

— Ben... que je n'ai plus sommeil comme avant. Souvent, je me retourne plusieurs fois dans mon lit avant de m'endormir. Et je pense à...

Il allait dire « papa », parce que c'était ainsi que les enfants appelaient leur géniteur dans les contes, mais il se rattrapa.

— ... à Francis. J'aurais voulu le connaître, tu sais, mon amour.

Martha lui sourit.

— Francis était quelqu'un de bien. Un vrai héros. Un jour, je te raconterai ses exploits. Mais pas ce soir.

Elle se pencha vers Willy pour l'embrasser et remarqua qu'il avait un début d'érection.

62

Une dizaine de minutes s'étaient écoulées quand Jemsen et Garcia entendirent des pas dans le couloir de l'hôpital, puis une clé tourner dans la serrure.

La porte s'ouvrit et une silhouette apparut en ombre chinoise dans l'encadrement. La lumière de la petite lampe de chevet posée à même le sol était trop faible pour éclairer son visage.

— Bonjour messieurs, dit la voix chaude et grave, je suis ravi de faire enfin votre connaissance.

L'homme s'avança. Il portait les mêmes vêtements que sur les images de vidéosurveillance de l'hôpital Pourtalès et de la gare de Lyon.

Il s'accroupit pour se tenir à hauteur de Jemsen et Garcia. Dans l'ombre, ils devinaient sa barbe parfaitement taillée. Ils restèrent muets quelques secondes, puis Jemsen lui demanda :

— Qui êtes-vous ?

— Je suis Matthias.

— Matthias est mort.

— Et pourtant, je suis devant vous. En chair et en os.

— Mais vous n'êtes pas celui que vous prétendez.

L'homme ricana.

— Quelle certitude, monsieur le procureur ! Ne vous a-t-on jamais appris, à l'école de la magistrature, qu'un magistrat doit se méfier des apparences et ne fermer aucune porte ? Pourtant, c'est ce que vous avez fait depuis le début de cette enquête. Vous vous êtes enferré dans l'idée préconçue que Matthias Hodler était mort, sans vous demander s'il avait pu réchapper à la folie de son père. Pourtant, je suis là, devant vous, bel et bien vivant. Et maintenant, vous vous demandez où et à quel moment la vérité vous a échappé. Vous êtes pathétique.

L'homme se releva et le haut de son corps regagna la pénombre. Il reprit :

— Mais peut-être n'avez-vous jamais suivi l'école de la magistrature ? Peut-être que vous-même n'êtes pas celui que vous prétendez ? Chacun dissimule des secrets. Il existe toutefois une constante en ce monde : personne ne peut se dédoubler. Personne ne peut, par exemple, se trouver à la fois au Kosovo et au ministère public à Neuchâtel.

Jemsen resta sans voix. Comment cet homme pouvait-il savoir ? Seuls Flavie, Tanja et Garcia étaient au courant. Le procureur tourna la tête vers le commissaire, comme s'il cherchait une réponse à sa question. Garcia secoua la tête de dépit et dit :

— Vous perdez votre temps. Je viens de comprendre. Matthias Hodler est en réalité...

Garcia ne parvint pas à finir sa phrase. L'homme bondit dans sa direction, lui asséna un violent coup de poing au visage et cria :

— Silence, chien ! Ou je te remets ton bâillon.

Il se redressa, regagna l'ombre et secoua sa main qui venait de frapper, comme pour la détendre. Puis sa voix reprit, plus douce :

— Ne gâchons pas le plaisir, commissaire. Ce cher Norbert se prétend procureur, alors laissons-le dévoiler ses fins talents d'enquêteur.

Le cerveau de Jemsen turbinait à plein régime. Hormis Flavie, Tanja et Garcia, les autres personnes qui pouvaient éventuellement connaître son secret étaient mortes. Même les membres albanais et kosovars de la famille de Berti Balla devaient ignorer la vérité. Il n'y avait qu'une seule autre personne à qui il s'était confié sur le Kosovo, mais sans donner de détails, c'était Mélanie.

L'explication était peut-être là. Mélanie l'avait dit à ce prétendu Matthias et celui-ci avait dû faire des recherches. Mais qu'avait-il pu trouver qui soit susceptible de trahir son secret?

L'homme s'amusait de voir Jemsen chercher dans sa mémoire. Quand les yeux du procureur s'illuminèrent, il lui dit:

— Ça y est, vous avez trouvé?

— Je n'ai pas trouvé qui vous êtes, non. Mais j'ai compris quelle faille Mélanie et vous avez découverte concernant le Kosovo.

— Oh ça? s'exclama l'homme presque déçu. Ce n'était pas très sorcier. L'engagement de la Swisscoy dans le cadre de la KFOR ne remonte qu'au mois de juin 1999, soit postérieurement à l'entrée en fonction de Norbert Jemsen dans la magistrature neuchâteloise. Or, une brève recherche démontre que jamais, durant ces vingt dernières années, Norbert Jemsen n'a interrompu son mandat de procureur pour partir en mission à l'étranger.

— Ça m'apprendra à être trop bavard sur mon passé, ironisa Jemsen en regardant Garcia.

Le commissaire préféra ne pas réagir. Il baissa la tête. L'homme s'approcha du procureur et s'agenouilla devant lui. Il le regarda droit dans les yeux et lui dit:

— Bavard, vous l'êtes. Mais perspicace, beaucoup moins.

L'ampoule de la petite lampe de chevet éclairait maintenant distinctement le visage de l'homme qui lui faisait face. Jemsen le reconnut.

63

— Vous avez abusé de votre fils ? s'exclama Flavie.

Martha Hodler afficha une moue surprise et répliqua de sa voix sourde :

— Abusé ? Mais quel horrible terme vous utilisez, Sybille ! Je suis choquée, vous ne pensez pas ce que vous dites. Willy et moi, on s'aimait. D'ailleurs, on s'est marié.

Le visage de la vieille femme se radoucit en prononçant ce dernier mot.

— Vous m'avez pourtant dit tout à l'heure que vous ne vous étiez jamais vraiment mariés.

— Pas au civil. Pas à l'église non plus. Mais vous n'avez pas vécu l'année 1968, Sybille. Vous ne pouvez pas comprendre. C'était une merveilleuse année et une révolution qui nous a offert un peu de liberté, à Willy et à moi.

— Une révolution des mœurs, certes, dit la greffière. Mais pas au point de tolérer l'inceste et la pédophilie.

Martha s'offusqua une nouvelle fois.

— Mais Sybille, de quel droit jugez-vous ce que vous ignorez ? Avant que le diable ne s'empare de lui, Willy était un enfant de Dieu. Il n'était pas mon fils, pas plus que Jésus n'était celui de Marie. Willy et moi avons vécu une vie de rêve. Simplement lui et moi, loin des regards et du jugement des autres. J'ai eu beaucoup de peine à avoir un nouvel enfant.

Ça ne marchait pas. Willy disait que c'était parce qu'aux yeux du Seigneur, nous n'étions pas mariés. Alors, en 1968, nous avons prononcé nos vœux. Nous l'avons fait dans l'intimité de la famille, uniquement lui et moi. Et Francis. Je me souviens de ce jour-là, il faisait beau. Nous sommes montés au Creux-du-Van et nous nous sommes promis amour et fidélité devant la sépulture de Francis. Nous voulions sa bénédiction. Et il nous l'a donnée.

— Comment?

— Francis nous est apparu dans la paroi rocheuse, non loin d'où nous étions. Il s'était réincarné en un magnifique bouquetin. Willy adorait les bouquetins, il en avait toute une collection à la maison. Des petits animaux en bois qu'il sculptait lui-même avant de les peindre. Ce jour-là, j'ai tout de suite reconnu Francis dans les yeux de la bête. Willy et moi nous sommes approchés de lui. Nous lui avons parlé et, de son souffle, il a béni notre union. La malédiction était rompue. Dans les trois ans qui ont suivi, Matthias et Sophie sont nés de notre amour.

Flavie commençait à comprendre pourquoi la vieille femme était dans un hôpital psychiatrique et non dans un EMS traditionnel. Les médecins pouvaient donner le nom qu'ils voulaient à cette maladie, mais pour la greffière, la situation se résumait en trois mots: Martha était folle.

— Dites-moi, lui demanda-t-elle, si l'amour était si puissant entre Willy et vous, pourquoi en est-il venu à commettre l'irréparable durant l'hiver 1977?

Les yeux de la vieille se noircirent.

— Parce que Satan s'est emparé de lui.

— N'est-ce pas plutôt parce que la naissance de Matthias et de Sophie lui a fait prendre conscience que lui aussi, il était sorti de votre ventre?

Martha ronchonna et éluda la question.

— Pour tenter d'échapper à Satan, Willy s'est mis à boire. Il buvait de plus en plus. Et moi aussi, parce que je devais le suivre dans cette voix si je voulais le ramener à la raison. Mais on ne lutte pas contre Satan. Il est trop fort. Il se cache, mais je sais qu'il vit là-haut, au Creux-du-Van. Cette maudite région a pris deux de mes enfants. Mais par chance, Matthias a survécu.

Flavie soupira.

— Ce n'est pas Matthias qui a survécu, Martha. C'est Sophie.

— Bien sûr que non ! s'énerva la vieille. C'est Matthias. Matthias est vivant. D'ailleurs, vous le savez, puisque vous l'avez épousé. Quelle chance vous avez, Sybille !

— Pourquoi ?

— Parce que Matthias m'était promis. À la mort de Willy, Dieu m'a murmuré qu'une fois adulte, Matthias m'épouserait et me redonnerait un enfant.

— C'est pour ça que vous avez convaincu ce préfet fribourgeois de mentionner le prénom de Matthias plutôt que celui de Sophie sur la décision de placement de l'autorité tutélaire ?

Martha sourit malicieusement, comme si elle était gagnée par un instant de lucidité.

— Ah, lui ? Je me rappelle ce gros dégoûtant. Je peux vous dire que n'est pas pour l'aider à s'endormir que je me suis mise à genoux sous son bureau.

Martha Hodler raconta à Flavie l'enlèvement de Sophie à l'hôpital des Cadolles à Neuchâtel, sa fuite de plusieurs mois avec l'enfant. La police recherchait une petite fille, Martha avait déguisé Sophie en garçon. Et Sophie, sur les injonctions de sa mère qui lui répétait que c'était pour son bien, s'était tellement empreinte du rôle de son défunt frère qu'elle en était devenue Matthias. Elle s'appelait Matthias, elle vivait Matthias, elle était Matthias.

Martha raconta ensuite à la greffière ses visites à l'internat de Saint-Maurice, après qu'elle avait convaincu le préfet de falsifier sa décision. Dans l'institution, Sophie ne se mêlait jamais aux autres garçons. Elle partageait un dortoir avec eux, mais ne se mettait jamais nue devant eux ni ne prenait ses douches en même temps qu'eux. Un jour, lors d'une visite, Sophie avait beaucoup pleuré dans les bras de sa mère. Elle lui avait dit que le père Bertrand avait essayé d'abuser d'elle. Elle avait accepté plusieurs fois de le sucer, parce que ça, Matthias pouvait le faire.

Mais quand le chanoine avait tenté de la déshabiller, elle avait pris un fusil de chasse et elle avait tiré. Par chance, l'affaire avait été classée comme suicide. Sophie avait ensuite été placée dans plusieurs familles d'accueil. Puis un jour, elle avait disparu. Martha ne l'avait plus jamais revue.

— Alors, conclut Flavie, vous admettez maintenant que c'est Sophie, votre dernier enfant encore en vie ?

La vieille dame la regarda étrangement, elle ne comprenait plus rien. Elle secoua la tête, comme si elle cherchait à remettre ses idées en place, et finit par dire :

— Ben non, c'est Matthias ! Sophie est morte. Matthias est votre mari, Sybille. Sinon, vous n'auriez pas pu me donner deux magnifiques petits-fils. D'ailleurs, où sont-ils ? J'aimerais les voir.

Flavie se leva, lui fit la promesse de revenir avec Franck et Will, et quitta la chambre, chamboulée par la folie de Martha.

Au début, la greffière avait éprouvé de la mauvaise conscience à endosser le rôle de Sybille Hodler et à profiter de la crédulité de la vieille dame. Mais en regagnant le parking de Marsens, Flavie repensa à ce que Martha avait fait subir à ses enfants. Sa mauvaise conscience s'évapora.

64

Sous la perruque noire et drue, et derrière la fausse barbe de Matthias Hodler, Jemsen avait reconnu les yeux et les traits de son amie.

— Mélanie..., murmura-t-il incrédule.

La réponse vint sous la forme d'une violente gifle. Elle se releva et dit calmement, en conservant son imitation de voix masculine.

— Je vois que vous n'avez toujours rien compris, monsieur le procureur. Je m'appelle Matthias Hodler.

Jemsen frotta sa joue endolorie de sa main libre et osa :

— Sophie...

— Ma petite sœur est morte il y a longtemps.

Mélanie était sérieuse. Elle avait l'air de croire en son propre discours, ce qui effraya le procureur. Il se tourna vers Garcia. Le commissaire, lui, avait compris la situation et murmura :

— Je vous avais dit qu'elle était complètement tarée.

Il eut droit à un nouveau coup de poing dans la mâchoire. Jemsen s'exclama :

— Mélanie, arrête, je t'en supplie !

Elle se tourna vers lui, menaçante.

— Depuis quand tutoyez-vous quelqu'un que vous ne connaissez pas, monsieur le procureur ? Depuis que vous vous prenez pour un cow-boy, comme tous les autres flics ?

Méfiez-vous, ces chiens déteignent sur vous. Vous insultez votre propre intelligence.

Jemsen regarda Garcia. Le commissaire était sonné, il saignait abondamment de la bouche, le sang coulait sur ses vêtements. Ses mots résonnaient encore dans les oreilles du procureur: « complètement tarée ».

Jemsen tourna à nouveau la tête vers elle et lui dit:

— Très bien, Matthias. Qu'avez-vous fait de Mélanie? Où est-elle?

Elle éclata d'un rire sournois.

— La petite professeure? Je l'ai renvoyée à ses études, la pauvre garce. Je n'ai jamais compris ce que vous lui trouviez, monsieur le procureur. C'est une faible qui se berce d'illusions en s'accrochant à une cause qui n'en vaut pas la peine. Tout ce qu'elle sait faire, c'est alarmer la population en se fondant sur des inepties et en annonçant la fin du monde. Ça fait des mois que j'essaie de lui ouvrir les yeux et de la ramener sur le droit chemin. Car notre petite terre va bien. Si le climat change, ce n'est pas le fait des hommes et de leurs activités. Les changements climatiques sont inscrits dans les gènes de la planète et nous n'y pouvons rien. Et si je n'arrive pas à faire comprendre ça à la professeure Antoine, eh bien j'arriverai peut-être à le faire comprendre au reste du monde.

— En assassinant de pauvres filles au hasard?

— En muselant une fois pour toutes cette petite Suédoise arrogante.

— Greta Thunberg ne fait pourtant que suivre l'avis des scientifiques.

— Qui sont les scientifiques, monsieur le procureur? Des hommes comme vous et moi, qui se sont arrogés un jour la prétention de connaître quelque chose mieux que les autres. Pourquoi ne pourrait-on pas douter de leurs théories? Au Moyen-Âge, les scientifiques enseignaient que la terre était plate. Et ceux qui osaient les contredire finissaient sur le bûcher. On les appelait hérétiques. Aujourd'hui, on les appelle climatosceptiques.

— Et pourquoi la professeure Antoine changerait-elle de conviction?

Mélanie sourit.

— Savez-vous, monsieur le procureur, pourquoi votre amie n'a jamais eu d'enfant?

— Elle m'a dit qu'elle et son mari n'en voulaient pas.

— Mensonge de sa part! Ce n'est pas qu'elle n'en voulait pas, elle ne pouvait plus en avoir.

— Conséquence d'un viol en institution? risqua Jemsen.

— Pas du tout. Le père Bertrand n'a jamais eu le temps de la toucher. Paix à son âme.

— De sa chute du Creux-du-Van, alors?

— Non plus. Cette pauvre fille est bel et bien tombée enceinte, il y a deux ans. Mais elle ne l'a jamais avoué au père.

— Son mari?

Mélanie éclata de rire.

— Son mari... Mais la professeure Antoine n'a jamais eu de mari! Pas plus qu'elle n'aurait été draguée un jour par le procureur Kornisch à la fête des vendanges. Oh, je vous rassure, ça ne fait pas moins de lui un abruti. Mais un abruti courtois avec les femmes. Je n'ose pas imaginer la tête qu'il fera en recevant la demande de récusation.

Mélanie redevint sérieuse et reprit:

— Non, la petite garce est tombée enceinte suite à une nuit d'égarement avec un de ses étudiants. Elle a pourtant toujours prôné cet adage: *no zob in job*. Ça n'amène que des ennuis.

— Robin Mizel?

— Lui-même. J'imagine que Mizel vous l'a caché. Cet imbécile de disciple aveugle a bien trop peur que sa femme apprenne qu'il l'a trompée.

— Et l'enfant?

— Les enfants, corrigea Mélanie. La professeure Antoine attendait des jumeaux et elle a décidé de les garder. Mais ils sont morts.

— Comment?

— Avant leur naissance. Une bousculade lors d'une manifestation pour le climat. Mais pour une fois, la police n'y était pour rien. Il y a eu un mouvement de foule parmi les manifestants. La professeure a reçu un violent coup de poing dans le ventre.

— De la part de qui ?

— Elle ne l'a jamais su. Mais Robin Mizel était juste à côté d'elle dans la foule. Elle l'a toujours soupçonné d'avoir assassiné les bébés.

— Elle a porté plainte ?

— Comment aurait-elle pu ? Elle n'avait pas la moindre preuve. Trahie par un de ses disciples, elle a dû vivre avec ce sentiment d'injustice. La cause qu'elle défendait s'était retournée contre elle. Elle ne s'en est jamais relevée.

Jemsen regarda Garcia une nouvelle fois. Le commissaire avait repris ses esprits. Les liens qui enserraient leurs poignets les empêchaient d'agir. Flavie savait où il était, elle avait dû essayer de l'appeler plusieurs fois depuis que Mélanie lui avait ordonné de raccrocher. Il pria pour que sa greffière ait appelé la police. Il devait gagner du temps. Il se tourna vers Mélanie et lui demanda :

— Matthias, où est Sybille ?

65

Mélanie avait quitté la petite pièce du sous-sol en refermant à clé derrière elle. Ses pas s'étaient éloignés dans le couloir.

— Qu'est-ce que vous faites ? murmura Garcia encore à moitié sonné.

— Je veux voir Sybille Hodler.

— Pourquoi ?

— Pour tenter de la raisonner. Elle seule peut convaincre Matthias d'abandonner.

— Mais vous savez déjà que c'est inutile.

— Faites-moi confiance.

Les minutes s'égrenèrent. Le silence fut soudain interrompu par un bruit.

— Et si c'est Matthias qui revient ? demanda Garcia.

— Au moins, nous aurons essayé.

Les pas s'approchèrent et la clé tourna dans la serrure. La porte s'ouvrit. Une ombre se découpait dans la lumière du couloir. La silhouette s'avança d'un pas hésitant. C'était une femme, avec de longs cheveux en pagaille. Des restes de maquillage avaient coulé sur ses joues en même temps que ses larmes. Elle portait des pantoufles d'intérieur, une horrible robe à carreaux et un pull avec des taches blanchâtres.

Elle fit encore quelques pas en titubant, elle sentait l'alcool à plusieurs mètres. Ce qui inquiéta Jemsen est qu'elle tenait dans ses mains le fusil à pompe. Reconnaissant les traits de son amie sous le nouveau déguisement, il murmura :

— Mélanie ?

Le regard de Sybille Hodler était triste. Elle ne comprenait pas pourquoi cet homme l'avait prénommée ainsi. Elle regarda Jemsen, puis Garcia, puis le procureur à nouveau.

— Qui êtes-vous ? demanda-t-elle d'une petite voix fluette. Et que faites-vous ici ?

— On nous retient prisonniers, dit Jemsen. Vous devez nous sortir de là.

Elle regarda les paires de menottes qui les retenaient aux tuyaux de la chaufferie et balbutia, presque en s'excusant :

— C'est que... je n'ai pas les clés.

— Où est Matthias, Sybille ?

— En haut, chuchota-t-elle comme si elle avait peur que son mari entende. Il dort. Il ne faut surtout pas le réveiller, sinon il va se fâcher. Je le trouve très fatigué, ces temps-ci.

— Et vos jumeaux, Sybille ? Où sont Franck et Will ?

Elle ouvrit de grands yeux étonnés.

— Comment savez-vous que nous avons des enfants ?

— Parce que c'est notre métier de tout savoir.

— Votre métier ?

— Nous sommes de la police, Sybille. Vous devez nous libérer.

— Vous libérer ? Oui... oui, bien sûr. Mais... où sont les clés des menottes ?

— Sûrement dans la poche du pantalon de Matthias.

— De Matthias ? C'est mon mari qui vous a attachés ici ?

— Oui, Sybille. Matthias va mal, très mal. Il faut absolument que nous l'aidions. Pour ça, vous devez retourner dans l'appartement pour chercher les clés. Mais attention de ne surtout pas le réveiller.

Mélanie semblait perdue. Jemsen voyait bien que les informations s'entrechoquaient dans son cerveau malade et l'alcool n'aidait en rien. Elle finit par dire, hésitante :

— Mais si Matthias vous a enfermés ici, c'est sûrement qu'il avait une bonne raison. Il faudrait que je lui demande...

— Surtout pas ! la coupa Jemsen. Écoutez-moi, Sybille. Matthias est sur le point de faire une grosse bêtise.

— Quoi ? Qu'est-ce qu'il va faire ?

Le procureur hésita, il regarda Garcia, puis se décida :

— Il nous a dit qu'il voulait partir avec Franck et Will. Il projette de monter avec eux au Creux-du-Van.

— Pour faire quoi ?

— Il veut se suicider. Et entraîner les enfants avec lui dans sa chute.

Les yeux de Mélanie s'ouvrirent tout grands et affichèrent de la panique.

— Mais je... non... non !

Elle se retourna et voulut courir vers la porte. Ivre et chancelante, elle se prit à moitié les pieds dans sa longue robe, perdit l'équilibre, lâcha le fusil qui tomba au sol en provoquant un bruit métallique et se rattrapa à l'encadrement de la porte.

— Sybille, qu'est-ce que vous faites ? cria Jemsen.

— Il faut que je l'en empêche, dit-elle en pleurant et en ramassant l'arme.

— Non, attendez !

Mais elle ne l'écouta pas. Elle avait déjà disparu dans le couloir en laissant la porte ouverte. Jemsen craignit soudain qu'elle ne revienne sous les traits de Matthias ou de Mélanie. Il hurla :

— C'est trop tard, Sybille ! Matthias est déjà parti avec les enfants !

Mais elle ne revint pas.

— Êtes-vous sûr de ce que vous venez de faire ? demanda Garcia.

— Absolument pas.

Jemsen tira sur les menottes à s'en faire mal au poignet. Rien n'y fit, le tuyau était solide.

— C'est inutile, dit le commissaire. Vous pensez bien que j'ai déjà essayé.

Ils attendirent à nouveau de longues minutes. Quand des pas lents – un bruit de semelles qu'on traîne sur le sol – se firent entendre dans le couloir, Jemsen et Garcia appréhendèrent de savoir quelle personnalité de Mélanie ils allaient devoir affronter.

La silhouette apparut sur le pas de la porte. Elle ne s'était pas changée. Ils reconnurent Sybille Hodler, le fusil dans une main, canon dirigé vers le sol. Dans l'autre main, elle tenait les deux poupées en porcelaine, qu'elle tendit devant elle en pleurant.

— C'est quoi, ça? sanglota-t-elle.

— Des poupées, Sybille, répondit Jemsen. De simples poupées.

— Où sont mes enfants?

— Ils sont morts, Sybille.

— Et Matthias?

— Il est mort, lui aussi. Je regrette. Nous allons vous aider. C'est promis. Mais vous devez nous libérer.

Devant eux, Mélanie tournait en rond dans la pièce comme un lion en cage. Elle alternait les accès de colère et des monologues incompréhensibles. Elle maudissait Matthias, lui promettait de lui faire vivre l'enfer et s'effondrait en larmes en pleurant sur son sort.

— Non... ce n'est pas possible... il ne les a pas tués... il n'a pas pu faire ça... pas lui... pas mon Matthias...

Puis elle se tourna vers Jemsen et cria:

— Matthias n'est pas comme son père... vous mentez!

Le procureur préféra se taire. Il redoutait, et Garcia devait le redouter aussi, qu'à tout moment, la personnalité de Sybille s'efface pour laisser place à Matthias ou à Mélanie.

Elle regarda les deux poupées qu'elle tenait dans une main et, de rage, les lança violemment contre le mur. Les visages en porcelaine se brisèrent et des débris retombèrent sur le sol, autour des deux corps désarticulés.

Mélanie prit le fusil à deux mains et opéra un mouvement de charge. Une cartouche monta dans la chambre. Elle regarda Jemsen et Garcia, des larmes plein les yeux, et leur dit:

— Je suis désolée, mais je ne peux pas vivre sans mes enfants. Dites à ma mère que je la déteste.

Jemsen comprit. Il voulut crier, mais c'était trop tard. Mélanie retourna l'arme contre elle, bouche du canon sous son menton, et appuya sur la détente. Un bruit assourdissant résonna dans la pièce, en même temps que sa tête disparut dans une brume rouge.

Épilogue

Comme Jemsen l'avait espéré, après plusieurs tentatives de rappel, Flavie avait prévenu la CNU, la centrale neuchâteloise d'urgence de la police. Sur le parking de l'ancien hôpital de La Béroche, les gyrophares des véhicules d'intervention lançaient des éclairs dans la grisaille.

Garcia et Jemsen recevaient des premiers soins, assis à l'arrière d'une ambulance. Un médecin du SMUR avait collé des steri-strips sur les lèvres fendues du commissaire et suturait la plaie au cuir chevelu du procureur.

Avec un pincement au cœur, Jemsen regardait les deux employés des pompes funèbres sortir une housse en plastique et un brancard d'un corbillard. Le service forensique avait figé la scène du sous-sol et n'avait plus besoin du corps de Mélanie Antoine, mais les investigations scientifiques se poursuivraient toute la nuit, dans l'hôpital et dans l'appartement des époux imaginaires.

— Je n'arrive même pas à la pleurer, dit le procureur. Elle était ma compagne et pourtant...

— C'est parce que ce n'est pas dans votre nature, répondit Garcia. Votre frère non plus, vous ne l'avez pas pleuré.

— C'est vrai. Mais nous nous aimions, mon frère et moi, même si nous étions souvent éloignés l'un de l'autre. Quant à Mélanie, j'en viens presque à me demander s'il y a vraiment eu de l'amour entre nous. Je me rends compte que je ne la connaissais pas. Je n'ai rien vu venir.

— Personne n'a rien vu venir. Chacune de ses personnalités a endormi son monde. Cela dit, je pense qu'elle-même ne se rendait pas compte qu'elle jouait tous ces rôles.

— Que voulez-vous dire ?

— Je me souviens du rapport d'un expert psychiatre qui avait posé ce diagnostic concernant un de mes amis, il y a quelques années. Il disait qu'on confondait souvent schizophrénie et trouble de personnalité multiple. On parle aujourd'hui de trouble dissociatif de l'identité. Deux ou plusieurs identités prennent tour à tour le contrôle d'une même personne. Ce genre de trouble peut survenir chez des sujets qui ont connu un stress ou un traumatisme intense avant l'âge de neuf ans. Une personnalité ne garde généralement aucun souvenir de ce qu'ont fait ses autres moi. Ce qui veut dire que Sophie, Mélanie, Sybille et Matthias vivaient leur propre existence et ignoraient celle des autres. Mais ce n'est pas absolu. Des souvenirs croisés ne sont pas exclus, comme il n'est pas exclu que deux personnalités se rencontrent dans l'esprit du malade.

— Si je comprends bien, dit Jemsen, ça expliquerait pourquoi Mélanie a croisé tour à tour Matthias et Sybille à l'université, comme par hasard toujours quand elle était seule en salle de cours ou dans son bureau. Et elle est allée jusqu'à se prendre elle-même en photo dans la peau de Matthias sur les bancs de la salle de cours. C'est hallucinant ! J'imagine que dans l'esprit de Mélanie, Matthias et Sybille devaient, eux aussi, discuter de temps en temps quand ils étaient « chez eux ».

— Pas dans l'esprit de Mélanie, corrigea Garcia. Dans celui de Matthias ou dans celui de Sybille.

— C'est juste. Et Sophie Hodler ? Pourquoi ne l'avons-nous jamais vue ?

— Sûrement parce que Mélanie l'a effacée de son esprit depuis bien longtemps. Martha Hodler a dû laver le cerveau de sa fille à un tel point qu'elle s'est réellement prise pour Matthias. Et le jour où elle ne l'a plus accepté, probablement après le meurtre du père Bertrand, elle a pris conscience qu'elle était une fille et non un garçon. Il lui fallait alors un autre double. Et comme Sophie était morte au Creux-du-Van, elle a créé Mélanie.

— Et quand Mélanie a perdu ses jumeaux, nouveau traumatisme, nouvelle personnalité : Sybille est apparue.

— J'imagine, répondit Garcia. Mélanie et Matthias symbolisaient la lutte intérieure, pour la cause que la professeure défendait et contre cette même cause qui lui avait pris ses enfants. Sybille a dû fonctionner comme une sorte d'arbitre entre ces deux pôles extrêmes. Mais comme Sophie est morte, aucun expert psychiatre ne pourra confirmer cette théorie. Cela dit, il faudra quand même que nous ayons une petite discussion avec Robin Mizel.

— Et comment ! s'exclama le procureur. Toutefois, cette petite ordure risque de ne pas collaborer, nous n'avons aucune preuve.

— Mais lui ne le sait pas. Nous pouvons toujours brandir la menace d'une petite discussion avec sa femme s'il nous mène en bateau.

Jemsen sourit.

— D'accord. Le procédé est dégueulasse, mais j'y adhère.

Une question turlupinait Jemsen : s'il n'avait pas libéré Mélanie Antoine de la garde à vue, peut-être que la police aurait, de sa propre initiative ou sur ordre de Kornisch, pris son ADN et ses empreintes digitales. Dans ce cas, un hit serait survenu plus tôt avec les relevés des traces sur les différentes scènes de crime. Mais pour soulager sa conscience, Jemsen préféra imaginer que le genre de délits qu'on reprochait alors à Mélanie n'aurait pas justifié de tels prélèvements sur sa personne. Il hésita à faire part de sa réflexion à Garcia, et préféra finalement la garder pour lui.

Quand Flavie raccrocha et qu'elle les rejoignit vers l'ambulance, le procureur remarqua que sa greffière était au bord des larmes.

— Qu'est-ce qui se passe ? demanda-t-il.

— C'est Tanja..., répondit-elle.

— Quoi, Tanja ?

— J'ai reçu un étrange coup de téléphone, sur la route entre Marsens et ici. Je n'ai rien compris. Une femme, que je ne connais pas, prétendait que Tanja était morte, puis elle a raccroché. J'ai d'abord cru à une mauvaise plaisanterie. Et là...

Elle ravala un sanglot.

— Là, reprit-elle avec peine, c'est la gendarmerie française qui m'appelait de Bora Bora... Flavie s'écroula en pleurs dans les bras de Jemsen.

CET OUVRAGE EST PUBLIÉ PAR SLATKINE & CIE
LE TEXTE EST COMPOSÉ EN CARACTÈRE SLATKINE,
DESSINÉ PAR MATTHIEU CORTAT À LYON.
IL A ÉTÉ ACHEVÉ D'IMPRIMER EN JANVIER 2022
SUR PAPIER BOUFFANT
ISSU DE LA GESTION DURABLE DES FORÊTS
SUR LES PRESSES DE L'IMPRIMERIE FLOCH
IMPRIMÉ EN FRANCE
IMPRIMEUR NUMÉRO 99803
SLATKINE & CIE BÉNÉFICIE DU SOUTIEN
DE L'OFFICE FÉDÉRAL DE LA CULTURE
POUR LA PÉRIODE 2021-2024